모든 육아의
1단계는
말투입니다

모든 육아의 1단계는 말투입니다

1판 1쇄 발행 2021년 12월 6일
1판 2쇄 발행 2024년 11월 15일

지은이 권예원
펴낸이 이기준
펴낸곳 리더북스
출판등록 2004년 10월 15일(제2004-000132호)
주소 경기도 고양시 덕양구 무원로 6번길 12 대흥빌딩 815호
전화 031)971-2691
팩스 031)971-2692
이메일 leaderbooks@hanmail.net

ISBN 979-11-90616-53-9 03810

권애원 지음

모든 육아의 1단계는 말투입니다

리더북스

"엄마 아빠는
왜 예쁜 말 안 해요?"

아이를 키우기 힘든 세상입니다. 부모도 아이들도 모두 부족합니다. '어떻게 하면 훌륭하고 똑똑한 아이가 될까?'를 제시하는 방법보단 '부모가 아이에게 어떤 정서적 지지를 해줄까?'로 다가가야 합니다. 부모가 자신의 상처를 이겨내고 성숙해지면 아이를 향한 부정적인 언행은 따로 노력하지 않아도 저절로 줄어들 수 있습니다. 이 책 《모든 육아의 1단계는 말투입니다》는 아이를 키우는 부모라면 누구나 가슴 한구석에 찡하게 와닿는 살아 있는 조언을 구할 수 있는 책입니다.

-이원석(삼성신경정신과 전문의)

아이의 기죽은 뒷모습을 보고 안쓰러운 날, '우리 아이 어떡하면 좋아요?'라고 묻고 싶을 때 이 책을 펼쳐보자. 아이를 키우는 양육자의 불안한 마음을 토닥토닥 위로받을 것이다. 특히 소심하고 예민한 아이를 둔 부모의 답답함을 속 시원하게 해결하는 데 큰 도움이 되는 책이다. 부모의 따뜻한 언어 표현, 책과 놀이를 통한 소통법 등은 양육의 어려움을 행복으로 바꿔주는 특별한 육아 솔루션이다.

-최진희(휴그림책센터 대표)

부모와 교사는 아이의 교육 및 대화법에 관심을 기울입니다. 육아책과 자녀교육서가 시중에 많이 나와 있습니다. '이 책도 그런 책 중의 하나일까?'라고 생각하며 읽기 시작했습니다. 한 장 한 장 넘기면서 무릎을 쳤습니다. 두 아이를 키우는 부모로서 또한 상담자로서 난 도대체 아이들에게 어떤 경험을 하게 했는지 후회와 미안함이 밀려왔습니다.

저의 큰애도 소극적인 아이였습니다. 아이에게 시간을 내어 함께하고, 실패를 기회로 삼게 해주었는지 스스로 질문했습니다. 생각해 보니 아이의 기질이라고 생각하고 적당히 타협하고 넘기려 했던 것 같습니다. 이 책은 소심하고 예민한 아이뿐만 아니라 보통 아이들의 문제를 전반적으로 다룹니다. 아이들이 겪는 심리적인 고통에 대해 부모가 할 수 있는 해결 방법을 명확하게 제시합니다. 아이를 이해하는 마음이 풍선처럼 부풀게 합니다. 이 책을 읽는 독자에게도 가슴 벅찼던 저의 느낌이 똑같이 전해질 거라 믿으며 추천합니다.

-박유미(여주 삼성아동발달센터 센터장)

뇌는 말의 내용을 구현시키는 기능을 하고 있다. 그중에서도 신경 써야 하는 것은 '말투'이다. 부모의 말투는 아이에게 큰 영향력을 주는 파급효과가 있다. 말투는 대인관계뿐만 아니라 부모와 아이가 건강한 관계로 이어지는 매개체 역할을 한다.

권예원 선생님의 따뜻한 말투는 책 속에 묻어난다. 이 책을 읽으며 흙 속에서 진주를 발견한 것처럼 기쁘고 감사했다. 육아의 어려움을 호소하는 부모들에게 좋은 지침서가 될 것이다.

-박경순(대한보건교육사협회 전문위원)

4차 산업혁명 시대에 전 세계에서는 창의·융합 인재를 육성하고자 교육의 변화를 꾀하고 있다. 유아 때부터 디지털 교육을 하는 등 코딩 교육 열풍도 거세지고 있다. 우리나라 학부모들도 알파 세대(디지털 네이티브)인 자녀들에게 더 좋은 교육환경을 만들어 주려는 의지가 강하다. 인문학적 배경지식과 디지털 교육이 융합되었을 때 아이들은 현시대가 요구하는 창의적인 인재로 거듭날 것이다. 교육 선진국에서는 아이의 창의적인 질문과 해결 방법을 평가 기준으로 삼는다. 이 책이 마중물이 되기를 기대한다.

-최종관(코딩아이두 대표)

말투만 바꿔도 아이의 자존감과 공부력이 쑥쑥 올라간다

교육현장에서 교사와 부모, 아이들을 만난다. 특히 아이들을 교육할 때 유독 내 눈에 띄는 아이가 있다. 자신감 넘치는 아이가 아니다. 또래 친구들과 어울리지 못하고 겉도는 아이, 위축되어 보이는 소심한 아이에게 눈길이 간다. 자신감 있는 아이들은 손을 번쩍 들고 의견을 말할 '기회'를 잡는다. 반면에 소심한 아이들은 용기조차 낼 수 없어 우물쭈물하거나 의기소침하다. 자신의 감정을 표현하는 데 어려움을 겪는 아이를 보면 마음이 쓰였다. 어릴 적에 나도 소심한 아이였고, 결혼해서는 소심한 아이를 키우는 예민쟁이 엄마였기 때문이다.

특강 수업에서 시연이를 만났다. 마치 미운오리새끼처럼 큰 잘못을 하지 않았는데도 담임선생님께 혼나는 일이 계속 반복되었다. 아이는 억울한지 울음을 터트리기 일쑤였다. 같은 반 친구들도 말썽쟁이, 문제아는 무조건 시연이라고 생각하는 듯 보였다.

"선생님, 시연이가 그랬어요."

아이들은 별것도 아닌 일을 시연이가 그랬다고 선생님에게 고자질했다. 시연이는 큰소리로 "내가 안 했다고!!" 하며 울부짖고 눈물을 글썽였다.

시연이의 표정은 언제나 우울했고, 교실 책장 틈에 웅크리고 앉아 있었다. 이 아이를 도와줄 방법이 없을까 고민했다. 우리 집 작은아들 준협이의 어릴 적 모습이 떠올랐다. '아, 우리 아이가 이런 상황이었겠구나. 얼마나 힘들었을까!' 그 마음이 저절로 느껴져서 먹먹했다.

코딩 수업을 할 때는 언제나 들숨과 날숨, 명상으로 시작한다. 들떠 있던 아이들의 마음을 호흡으로 가라앉히기 위해서다. 모둠별로 짝을 지을 때는 지시가 아닌 아이들 스스로 정하게 한다. 아이들이 룰을 만들 수 있게 기회를 준다. 그런 과정을 통해 아이들은 질서를 이루어낸다.

"오늘은 재미난 코딩 수업을 함께 해볼 거예요. 그런데, 선생님이 둘러보니 모두 의젓한데, 그중에서도 시연이가 제일 멋지게 앉아 있네요. 시연이가 오늘의 도우미 선생님이 되어주면 좋겠어요. 시연이는 어때요, 괜찮나요?"

"네…"

시연이는 소심하게 대답한다.

"여러분의 생각이 어떤지 궁금한데, 괜찮을까요?"

그러자 아이들은 모두 "네~"라고 대답한다.

수업하기 전에 시연이는 모둠별 친구들에게 보드판과 태블릿을 나눠 주었다.

"도우미 선생님이 모둠별로 코딩 도구들을 줄 때 친구들은 어떻게 감사 표현을 할 수 있을까요?"

아이들은 "고맙습니다, 감사합니다로 인사해야 해요."라고 이야기한다. 시연이는 쑥스러워하면서도 한편으로는 좋은지 멋쩍은 표정으로 자기 자리에 앉아 친구들과 함께 수업했다. 그렇게 몇 번의 기회를 시연이에게 주었다. 같은 반 친구들의 태도가 달라지기 시작했다. 시연이에게 먼저 하라고 양보하는 아이들이 늘어났다. 시연이도 "고마워."라는 표현을 잊지 않았다.

아이들에게 수업하기 전에 한 가지 약속을 한다. 그것은 칭찬해주기, 지지해주기이다.

"우리 친구들 손을 들어 엄지척 해볼까요?"

아이들은 신나게 엄지척을 한다.

"와, 우리 친구들 모두 잘 따라 하네요. 옆에 있는 짝꿍이 잘했을 땐 '최고! 최고!' 하며 엄지척을 해줄 거예요."

그러면 아이들은 조그만 목소리로 "최고! 최고!"라고 속삭인다. 수업이 한두 번 반복되다 보면 "최고! 최고!"라는 말이 여러 모둠에서 큰소리로 들려오기 시작한다.

아이들 수업뿐만 아니라 교사, 부모 교육에서도 비슷한 상황을 접할 수 있다. '칭찬은 고래도 춤추게 한다.'는 말이 있다. 어른이나 아이나 칭찬에는 긍정적 피드백이 따라오게 하는 효과가 있다.

어른들과 달리 아이들은 작은 자극에도 쉽게 반응한다. 소심한 아이들은 더더욱 소극적이고, 행동이 느리고, 도전을 두려워한다. 소심한 아이를 키우는 부모에게 이렇게 말해주고 싶다. 혹시, 여러분이 예민한 부모는 아닌지 생각해보라고. 그런 부모의 태도가 아이를 소심한 아이로 만든 건 아닌지 말이다.

부모와 교사는 귀를 열어 아이의 이야기를 들어주는 연습이 필요하다. 그래야 생각을 끌어내고 표현하는 건강한 아이로 자랄 수 있다. 놀이를 함께하며 상호작용하면서 기회와 경험을 늘려나가는 환경도 만들어 주어야 한다.

세상의 모든 부모는 예민할 수밖에 없다. 행여 아이가 다칠까 봐, 혹시 잘못될까 봐 염려하고 조심하다 보면 어느새 예민한 부모가 되어 간다. 예민함은 문제를 해결하기보다 미궁에서 빠져 나오지 못하게 한다. 태어나면서부터 기질이 소심한 아이가 있겠지만, 소심함은 외부의 조건과 상황 속에서 누적된 심리적 결과물이다. 예민한 엄마가 소심한 아이를 만든다.

나는 소심한 아이를 키우며 살아왔다. 그 어려움을 누구보다 절절히 실감했다. 소심함의 벽을 뛰어넘는 방법을 오랫동안 고민해왔다. 해결 방법은 부모와 아이의 대화에 있다. 지시와 명령이 아닌, 아이의 마음에 공감해주는 데 있다.

부모는 아이를 사랑하면서도 말할 때 좋은 말투로 하지 않는다. 나는 육아의 1단계는 말투라고 생각한다. 모든 육아는 말투에서 시작된다. 말의 힘은 말투에서 나온다. 아이와 어떤 말투로 대화해야 호감 가고 신뢰받는 부모가 될까? 지시하고, 명령하고, 혼내고, 비난하고, 비교하며 빈정거리는 말투에서 따뜻하고, 상냥하고, 차분하고, 존중하고, 공감하는 말투로 바꿔야 한다. 아이에게 최고의 선물은 부모의 끌리는 말투다. 아이에게 부모의 말투보다 중요한 공부는 없다.

부모가 말투 하나만 바꿔도 자녀와의 관계가 극적으로 달라진다. 소심한 아이가 자신감 있게 생활하고 공부에 집중한다.

이 책이 나오기까지 늘 응원을 아끼지 않으신 분들에게 감사의 인사를 전하고 싶다.

"뒤에서 떡하니 버티고 있을 테니 열심히 써 내려가라."며 지지해주신 조창인 작가님 감사합니다. 늦깎이 공부를 하면서 예민했던 나를 위해 10년간 조용히 집안일을 도맡아 해준 남편과 두 아들 준석, 준협에게도 감사하다. 글 쓰는 엄마에게 당 보충하라며 초콜릿과 달달한 마끼아또 커피를 준비해 준 준석이와, 시각안마를 배우는 준협이가 뭉친 어깨 근육을 풀어주어서 이 책을 어렵지 않게 마무리하지 않았나 싶다. 엄마의 두 아들로 태어나줘서 고맙고 사랑한다는 말을 해주고 싶다.

책을 쓸 때 자신감을 잃는 순간마다 힘내라고 지지해주고, 함께 성장해 나가고 있는 나의 하베르, 질문놀이연구소 희진 소장님과 아이스위치코칭연구소 민쌤, 당신들이 있어 이렇게 해낼 수 있었습니다.

이 책은 여전히 성장 중인 두 아들의 엄마가 쓴 첫 번째 작품이다. 소심해서 감정 표현을 잘 못 하는 아이들과 예민해서 어려움을 겪고 있는 부모들에게 도움이 되었으면 한다. 아이와 부모 모두 행복한 일상이 되길 진심으로 바라고 기도한다.

마음숲연구소 대표

권 예 원

차례

1장 나는 예민한 엄마의 끝판왕이었다

2장 모든 육아는 말투에서 시작된다

3장 엄마 아빠는 왜 예쁜 말 안 해요?

4장 말투 하나만 바꿔도 관계가 극적으로 달라진다

5장 최고의 선물은 부모의 끌리는 말투

6장 아이와 함께하는 상호작용 놀이

1장

나는 예민한 엄마의 끝판왕이었다

예민한 아이를 감싸는 것으로
엄마의 불안을 누그러뜨리려고 했다.
하지만 아이가 건강하게 성장할 수 있도록
옆에서 지켜봐 주는 엄마가 되어야 한다.

01

예민한 아이를 키우면서 갈등과 화해를 반복했다

예민한 아이의 마음을 몰라 주었다.

오래전 그 날, 학교에서 돌아온 첫째아들 준석이의 표정은 일그러져 있었다. 그 뒤에 서 있던 작은아들 준협이의 표정도 심상치 않았다.

"왜 그래? 무슨 일 있었어?"

왜 그런지 궁금해서 물어봤지만, 아이들은 묵묵부답이었다. 나는 아이들을 다그쳤다.

"표정이 왜 그런 거야, 응?"

갑자기 준협이가 흐느껴 울기 시작했다. 그러자 준석이가 "으이씨!" 하면서 자기 방으로 들어갔다.

영문을 모르는 나로선 답답할 노릇이었다.

"왜 그래? 울지만 말고 엄마에게 얘기 좀 해봐."

한동안 서럽게 흐느끼던 둘째가 말문을 열었다.

"엄마, 나… 학교 안 갈래. 학교 가기 싫어. 있잖아…… 애들이 나보고 돼지새끼래. 뚱뚱하고 눈도 파르르 떠는 돼지새끼!"

흑흑흑. 잦아졌던 울음이 다시 커졌다. 그러더니 억울하다는 듯이 소리치듯 말했다.

"아이들이 내가 돈이 있을 때만 놀재. 문구점에 가서 자기들 필요한 거 사고 나면 얼굴을 싹 바꿔. 화가 나서 애들한테 욕했어. 그랬더니 나랑 안 놀아준대."

작은애가 왜 그렇게 표정이 안 좋았는지 대충 짐작이 갔다.

"근대 형은 왜 표정이 안 좋아?"

"형한테 사실대로 말했어. 형이 애들을 다그치니까 자기들은 그런 적 없다고 거짓말했어."

아이 얘기를 듣다 보니, 돼지새끼라고 놀리고 괴롭힌 한 반 애들한테 화가 났다. 한편으로는 아이가 상처를 받고 있는데도 전혀 몰랐던 무심한 엄마였던 것 같아 미안했다.

작은아들 준협이는 선천성 안구진탕과 저시력을 갖고 태어났다. 안구진탕은 눈동자가 한 방향으로는 부드럽게, 다른 방향으로는 경련을 일으키면서 번갈아 움직이는 것이 특징이다. 부모로서 괴롭고 아이를 볼 때마다 마음이 아팠다. 불편해하는 아이가 안쓰러웠다.

임신 중에 산후 우울증을 앓았었다. 태중의 아기를 세상 밖으로 내보내는 것을 두려워했다. 준협이가 선천성 안구진탕과 저시력을 갖고 태어난 것이 다 내 탓인 것 같아 오랜 시간을 자책하며 지냈다. 그래서 예민한 아이를 내 품 안에서만 키우려고 했었다. 그런 양육 방법이 잘못된 것임을 뒤늦게 깨달았다.

부모 노릇을 하는 건 쉬운 일이 아니다. 이 세상에서 가장 어려운 일이고 한편으로는 행복한 일이기도 하다. 부모에게는 이 두 가지 마음이 공존하며, 아이와 갈등과 화해를 반복한다. 어떻게 육아의 어려움에서 행복으로 나아갈 것인가?

해답은 관계에 있다. 부모와 자녀가 어떻게 관계를 형성하느냐가 중요하다.

내가 낳고 키운 아들은 매우 소심하고 예민했다. 어쩌면 내가 더 소심하고 예민한 엄마였는지도 모른다. 예민한 아이를 키우면서 불안하고 힘든 하루하루를 계속 이어갈 수는 없었다. 돌파구가 필요했다. 우선, 나로부터의 변화를 시도했다.

나는 늦깎이로 사회복지를 공부하기 시작했다. 학업에 열중하면서 내면에 숨겨져 있는 단단한 에너지를 발견했다. 엄마의 힘이 아닌가 싶다. 이후 사회복지사로 일하면서 장애로 힘들어하는 가족들, 경제적으로 힘든 사람들이 자립할 수 있도록 도왔다. 새롭게 사람들을 만나고 관계를 맺으면서 힘을 얻는 나를 발견하게 되었다. 세 개의 학부를 마쳤고, 지금은 대학원에서 심리치료 공부를 하고 있다.

단단한 엄마가 되고 싶은 소망은 이 모든 과정을 극복하게 했다. 나는 예민한 아이를 키우면서 성장하는 엄마로 거듭났다.

❶ 아이가 상처를 받고 있는데도 전혀 모르는 무심한 엄마인지 돌아보자.

❷ 육아의 어려움에서 행복으로 나아가려면, 부모와 자녀가 어떻게 관계를 형성하느냐가 중요하다.

02

아이들은 엄마의 뒷모습을 보고 자란다

감사하게도, 희망의 문이 열리기 시작했다. 또래 친구들에게 상처를 받았던 둘째 아들 준협이에게 기회가 찾아왔다.

준협이가 초등 6학년이 되던 해에 학교마다 통합교육이 운영되었다. 장애가 있는 아이들이 일반학급에서 똑같이 학교생활을 하고, 주요 과목이나 심리적 지원은 '함께 걸음반'에서 일대일 학습이 이루어지는 형태였다. 장애가 있는 아이들은 '순회반'이라는 사이클을 통해 학교생활에 적응할 수 있었다.

가장 먼저 필요한 것은 장애 아이들에 대한 인식 개선이었다. 학부모 간담회가 열렸고 '함께 걸음반' 선생님이 '장애 인식 개선 교육'을 시작했다. 이 교육 덕분에 준협이를 바라보는 아이들의 시선이 바뀌었다. 그런데도 아쉬웠던 점은 시각장애 아이들을 위한 대체 학습 도구가 미흡했다는 것이다. 저시력인 준협이는 책을 읽을 때마다 어려움을 겪었다.

그러던 어느 날, 담임선생님이 상담을 요청했다. 평소 준협이가 은따(은근히 따돌림)를 당하고 있다는 사실을 알았기에 불안이 엄습했다. 아이가 또 상처받는 일이 생긴 걸까? 남편과 함께 무거운 마음으로 학교에 갔다. 담임선생님은 조심스럽게 이야기를 꺼냈다.

"제가 계속 고민하고 말씀드리는 것이니 불편하시더라도 오해는 하지 않으셨으면 합니다. 저에게는 선천적 장애가 있는 조카가 있어요. 너무나도 예쁜 조카이지만, 저희 집안에서는 아픈 손가락입니다. 일반학교에 다닐 수 없어서 국립특수학교에서 교육받고 있습니다."

선생님은 준협이를 곁에서 지켜보며 안타까웠던 마음을 전하셨고, 시각장애 아이들에게 부족한 학습 도구들의 아쉬움도 말씀하셨다.

"준협이는 재능이 많아요. 하지만 친구들에게 상처를 받아서 어울리지 못하고 겉돌곤 해요. 제 조카를 보는 것 같아서 마음이 쓰였어요."

그러면서 신설된 국립특수학교의 시각장애 학급에 관한 정보를 알려주셨다. 그 학교는 준협이에게 도움이 되는 학습 도구가 잘 갖춰져 있고 1:1 맞춤 연계 학습도 가능하다고 하셨다.

"준협이와 같은 상황에 놓인 친구들과 함께 공부한다면, 학업은 물론이고 정서적으로도 잘 성장할 수 있다고 생각합니다."

면담을 마치고 나오면서 두 가지 생각이 들었다. 아이의 장래를 염려해주는 선생님에게 고마웠고, 한편으로는 겉도는 아이가 불편하니 특수학교에 보내라는 서운함이었다.

선생님이 소개해 준 '아*학교'에 전화를 걸어 상담했다. 이후 날짜를 정해 준협이, 남편과 함께 신설된 학교를 방문해 이곳저곳을 둘러보았다. 준협이는 내키지 않은 듯 표정이 무거워 보였고, 그런 모습이 자꾸 신경 쓰였다. 무엇보다 준협이의 생각이 우선이었다. 가족이 둘러앉아 이야기를 나눴다.

"준협아, 오늘 학교에 가보니까 어떤 거 같아?"

"음… 모르겠어."

"엄마와 아빠는 준협이가 하고 싶은 대로 할 거니까, 천천히 생각해 봐."

그로부터 며칠이 지났다. 준협이가 조심스럽게 다가와 말을 건넸다.

"엄마, 나 그 학교 한 번 더 가보고 싶어."

준협이는 그 학교를 두 번째 방문한 이후에 그곳에서 공부하기로 결정했다.

준협이는 시각장애가 있는 친구들과 함께 중학교 생활을 시작했다. 여학생이 4명이었다. 준협이는 유일한 남학생이었다. 사춘기였던 준협이는 즐겁게 학교에 다녔다. 학교에서 정서적인 지지를 받으며 하루하루 성장했다. 준협이는 자기보다 더 심한 장애가 있는 친구들에게 도움을 주고 싶어 했다.

일반 학교였다면 상상조차 할 수 없었던 기회들이 준협이에게 찾아오기 시작했다. 전국체전 실내조정 부분에 참가했다. 시각 장애인 국가대표 선수 제의도 들어왔다. 준협이뿐만 아니라 엄마인 나에게도 변화가 생겼다. 예전 같으면 예민한 아이를 감싸는 것으로 나의 불안을 누그러뜨리려고 했을 것이다. 하지만 아이가 건강하게 성장할 수 있도록 옆에서 지켜보고 기다려주는 엄마가 되어야 한다는 것을 깨달았다.

어느 순간부터 아이의 결정을 존중해 주었다. 그러다 보니 준협이는 결정하기 전에 심사숙고하는 진중함을 보였다. 준협이의 생각이 정리되길 기다려주면 충분히 고민한 끝에 자기 생각이 어떤지를 이야기했다. 정서적으로 위축되었던 소심하고 예민한 아이 준협이와 늘 걱정만 하면서 아이보다 더 예민했던 엄마. 우리 둘은 꿈을 향해 나아갔다. 그 과정에서 관계는 더욱 친밀해졌고, 서로의 믿음은 한결 두터워졌다. 성장은 자연스럽게 이어졌다.

준협이는 사범대에 입학해서 특수교육을 전공하는 대학생이 되었다. 나는 심리적, 정서적 어려움을 겪고 있는 아이들에게 도움을 주는 일을 하고자 심리치료 공부를 했다. 매일매일 놀이치료와 미술치료를 하기 위해 아이들을 만나고 있다.

❶ 아이가 또래 친구들과 어울리지 못하고 겉돌고 있는지 살펴보자.

❷ 예민한 아이를 감싸는 것으로 엄마의 불안을 누그러뜨리려고 하지 마라.

03

꼬리에 꼬리는 무는 질문, 하브루타를 만나다

에듀바이저로 일하면서 교육기관 교사들을 만나며 하브루타에 입문했다. 처음엔 '하브루타가 뭐야?'라는 의문으로 관심을 가졌다. 유대인의 전통적 학습법인 하브루타를 알아갈수록 묘한 매력이 있었다. 아침 해가 바다 위로 떠오르기 전의 긴장감 같은 것이 감돌았다. 그동안 내가 줄곧 주목했던 교육의 가치가 담겨 있을뿐더러 매우 실제적이었다.

미국 하버드대의 30% 이상이 유대 학생이라고 한다. 그들의 특수성을 알아보니, '질문하는 문화'였다. 하브루타Havruta란 친구를 의미하는 히브리어 '하베르'에서 유래했다. 학생들끼리 짝을 이루어 서로 질문을 주고받으며 논쟁하는 유대인의 전통적인 토론 교육 방법이다. 유대교 경전인 《탈무드》를 공부할 때 주로 사용된다. 나이와 성별, 계급에 차이를 두지 않고 두 명씩 짝을 지어 공부하며 논쟁을 통해 진리를 찾아간다. 이때 부모와 교사는 아이가 마음껏 질문할 수 있는 환경을 만들어 주고 아이가 스스로 답을 찾을 수 있도록 유도하는 역할을 한다.

하브루타는 소통하며 답을 찾아가는 과정에서 다층적으로 지식을 이해하고 문제를 해결할 수 있다는 장점이 있다. 하나의 주제에 대한 찬반 양론을 동시에 경험하게 되므로 이를 통해 새로운 아이디어와 해결법을 끌어낼 수도 있다.

하브루타의 원리

- 하브루타는 지시, 요구, 설명이 아닌 질문이 핵심이다.
- 정답이 없는 꼬리에 꼬리를 무는 질문이어야 한다.
- 아이 스스로 생각하고, 판단하고, 결정하고, 행동하게 한다.
- 소리 내서 읽고 몸을 움직이면서 대화하고 토론한다.
- 외우고 알게 하는 것이 아닌 뇌를 자극해 사고력을 높이는 것이 목적이다.
- 하브루타 대화 시 집중해서 눈을 보고 수용하는 대화로 이끌어가야 한다.
- 구체적인 근거를 들어 칭찬한다.
- 많은 내용을 하브루타 하기보다는 하나의 내용을 깊이 있게 하는 것이 좋다.

짝을 지어서 하는 논쟁, 소리 내어 공부하는 것은 새로운 내용을 빠르게 익힐 수 있다

- 뇌가 빠르게 움직일수록 뇌는 발달하고, 사고는 넓고 깊어지며, 상황 대처능력, 문제해결 능력이 높아진다.
- 하브루타는 질문으로 지혜와 지식을 캐내는 도구이다. 소통과 경청, 설득의 능력을 기른다.

하브루타 질문모형 기본단계

❶ 도입 하브루타

뇌를 깨우는 과정이며 '동기' 하브루타라고도 한다. 놀이, 게임, 이야기 등을 통해 뇌에 자극을 주는 준비 단계이다.

❷ 내용 하브루타

내용을 텍스트로 읽고 사실적 내용을 이해하는 과정이다. 주로 정답이 있는 질문들로 이루어진다.

❸ 심화 하브루타

상상을 자극하는 질문을 통해 마음껏 상상해본다.

❹ 적용 하브루타

본문의 내용과 관련된 것들을 직접 실생활에서 실천하고 적용한다.

❺ 메타 하브루타

지금까지 나눈 것을 바탕으로 종합하고 정리한다. 종합적으로 배운 것을 가르치거나 사고를 확장해본다.

이 밖에도 다양한 하브루타 모형이 있다.

❶ 질문 중심 하브루타 모형

본문을 읽고 질문을 만들어서 먼저 짝과 일대일 토론을 한다. 그다음 둘이서 가장 좋은 질문을 뽑고, 그 질문으로 모둠끼리 토론하고, 그 모둠에서 가장 좋은 질문을 뽑는다. 가장 좋은 질문을 선정해 집중 토론하고, 그 내용을 정리 발표하고, 텍스트로 정리한다.

❷ 논쟁 중심 하브루타 모형

논쟁할 주제, 즉 이슈를 정한 다음에 그 논제를 중심으로 짝 토론과 모둠 토론을 진행하는 방법이다. 가위바위보나 의논을 통해 논제에 대해 짝끼리 찬성과 반대 입장을 각각 정리한다.

미리 집에서 인터넷이나 신문 등으로 조사하거나 부모에게 물어 각 입장에 대한 근거 자료들을 조사한다. 조사한 내용을 짝과 일대일 토론한다. 둘이서 논쟁을 통해 더 좋은 의견을 정리한다. 그 입장을 내어놓고 모둠끼리 토론한다. 그 근거들을 발표하고 텍스트 정리로 마무리한다.

❸ 비교 중심 하브루타 모형

교과서나 교재 등에서 비교할 대상을 정한 다음 그것을 자세하게 조사하고, 질문을 뽑아온 후 그 질문을 중심으로 비교 대상에 대해 다양하게 수업하는 방식이다. 비교가 토론과 사고를 자극한다. 유사점과 차이점을 논의하고 대조하면서 다양한 사고를 한다.

❹ 친구 가르치기 하브루타 모형

가르치고 배울 범위를 정한 다음 그것을 토대로 공부하고, 서로 가르치고 배우는 수업이다. 짝의 수준은 비슷한 경우가 좋다. 서로 실력이 비슷하면 손해 나는 느낌 없이 치열하게 서로 질문하고 반박하면서 공부할 수 있다. 설명을 듣는 학생은 내용을 들으면서 생기는 질문을 수시로 하면 된다.

❺ 문제 만들기 하브루타 모형

우리는 시험 문제를 학생이 내는 것에 대해 전혀 생각하지 못한다. 왜냐하면 지식이 밖에 있다고 여겨서 교사가 미리 공부하고 학생들에게 가르쳐야 한다고 생각하기 때문이다. 교수법에서도 지식을 전달하는 방법이 얼마나 효과적인가를 본다. 학생이 공부하는 것이 아니라 교사 위주의 공부에 가깝다. 하지만 하브루타는 학생이 지식을 만들고 끌어낸다. 부모나 교사 모두 학생의 배움을 도와주는 사람이어야 한다.

학생은 출제 의도를 파악하는 것이 중요하다. 시험문제를 만들고 수정해 가면서 실질적인 배움이 일어난다. 문제를 파악하는 안목이 저절로 생기고, 문제의 의미를 파악하는 힘도 기를 수 있다.

"마따호셰프?"

하브루타의 출발은 아주 간명하다. "네 생각은 어때?" 하며 상대의 생각부터 묻는다. 그러나 하브루타는 절대로 단순하지 않다. 상대를 존중하는 것이 기본이고, 이 바탕에서 관계성을 높인다. 서로 대화하면서 사고력을 키우고, 질문으로 창의력을 일깨운다.

우리 교육은 오랫동안 지시와 명령의 언어에 묶여 있었다. 반면에 하브루타는 서로 짝을 지어 대화하고 토론한다. 소통하면서 협업을 이루어낸다. 요즘엔 유아기 때부터 자녀와 함께 하브루타를 실천하는 부모들이 늘어나고 있고, 교과 학습에서 하브루타를 적용하는 선생님들도 많아지고 있다.

미래학자들은 4차 산업혁명 시대의 핵심 역량으로 '협업'과 '소통'을 꼽는다. 이 핵심 역량은 단숨에 키울 수 없다. 일상에서 꾸준히 익히고 경험해야 한다. 그런 의미에서 한 가지 주제만으로도 아이들의 생각을 끌어낼 수 있는 하브루타는 매우 효과적인 교육 방법이다.

하브루타에는 정답이 없다. 얼굴을 마주하는 것으로 시작한다. 어떤 주제나 이야깃거리든 상관없다. 그림책 또는 동화책을 읽고 부모와 아이가 자연스럽게 대화할 수 있다. 일상생활에서 접하는 모든 것을 대화 주제로 삼을 수 있다. 뉴스, 역사, 경제, 탈무드, 시, 일기, 영화, 음악, 미술, 놀이 등 무엇이든 소통의 재료가 된다.

하브루타는 의견을 말하는 것이 중요하다. 상대의 의견이 나와 같을 수도 있고 다를 수도 있다. 서로의 의견에 공감하며 사고를 확장해 나갈 수 있다. 그런 과정에서 페이스북의 마크 저커버그, 영화감독 스티븐 스필버그, 발명왕 에디슨, 물리학자 아인슈타인, 구글의 세르게이 브린과

래리 페이지 같은 창의적인 인재로 거듭날 수 있다.

하브루타는 교실 안에서만 적용되는 것은 아니다. 일상의 모든 영역이 하브루타의 적용점이 된다. 특히 하브루타는 '가정'에서부터 시작하는 것이 가장 효과적이라고 말하고 싶다. 가정교육은 부모가 주체가 되어서는 안 된다. 가족 공동체가 함께 자기 몫을 실천하며 더불어 해야 한다. 잘 들어주고, 관찰하고, 질문하면 충분하다. 일상의 주제를 부모와 자녀가 함께 이야기로 풀어나가면 된다.

❶ 아이에게 지시하거나 명령하지 말고 "네 생각은 어때?" 하며 아이에게 묻는다.

❷ 유대인의 전통적 학습법인 하브루타는 소통하면서 협업을 이루어낸다.

2장

모든 육아는 말투에서 시작된다

아이의 내면에 있는 숨은 보화를 찾아내어 발굴하는 것.

그것이 자녀교육이며, 재능을 키우는 밑바탕이 된다.

우리 아이에게도 잘하는 게 분명 있다.

그것을 더 잘하면 된다.

04

과잉보호가 예민한 아이를 만든다

띠리링~ 띠리링~ 전화벨이 울렸다.

"어머니, 지혜반 교사입니다. 잘 지내시죠? 오늘은 숲 체험 놀이를 하는 날이라 아이들과 맨발로 흙 밟기 놀이를 했어요."

"아, 네~ 아이들이 좋아했겠네요."

"그런데…… 준석이가 흙이 발에 묻는 것이 무섭다면서 양말을 벗지 않았어요. 괜찮다고 안심을 시켜 주었는데도요. 결국, 울다가 지쳐서 잠이 들었어요. 이런 체험도 아이가 자라는데 필요한 부분이라서 말씀드립니다."

"아, 네……"

큰아들 준석이는 소심한 건지, 예민한 건지, 아니면 세심한 건지 조심성이 지나쳤다. 초보 엄마로서 무척 당황했다. 예민함은 어떤 상황이나 조건에 대해 대담하지 못하고, 조심성이 지나치게 강한 심리상태이다. 상황과 조건에 두려움을 느끼고 그 심리가 예민함을 불러온다.

한 예능 TV 프로그램에서 본 모습이 연상되었다. 회색 시멘트로 가득 찬 상자 같은 도시 속 아파트 생활을 하는 4명의 아이와 돌봄을 하는 연예인 몇 명이 함께 숲으로 갔다. 자연이 낯선 아이들은 흙을 만져보고, 맨발로 땅을 내디딘다. 네 살짜리 이현이는 한참 눈으로 숲을 바라본다. 그러고는 놀이터로 향하는 다른 아이들을 뒤따라간다. 곧바로 이현이의 얼굴은 울상이 된다. 그 이유는 바닥에 깔린 모래가 신발 안으로 들어갔기 때문이다. 모래가 신발 안으로 들어가는 것이 싫어서 울음을 터뜨린 것이다. 이현이는 박나래에게 달려가 "모래가 들어갔어요." 하며 울먹인다. 박나래는 모래가 들어간 이현이의 신발을 털어주면서 말한다.

"괜찮아. 모래는 나쁜 게 아니야."

도시에서 자란 아이에게는 모래와 흙도 무서움의 대상이 될 수 있다. 큰아들 준석이도 이현이처럼 처음 접해보는 숲이 낯설고 얼마든지 무서울 수 있다. 이런 상황에서 부모가 아이에게 "흙이 뭐가 무서워?" 또는 "모래가 신발 안에 들어갔다고 우니?" 하면서 나무란다면 아이는 어떤 생각을 할까?

아이는 '세상은 위험한 곳이구나. 혼자서는 아무것도 할 수 없구나.'라고 생각하며 예민해질 수 있다.

아이가 예민해서 두려워할 때 부모는 대처 방법을 찾는다. 이때 아이가 왜 예민한지를 파악하려면 먼저 상황과 조건을 들여다봐야 한다.

① 부모의 양육 태도의 문제인가?
② 부모의 불안에서 오는 문제인가?
③ 부모의 갈등에서 오는 문제인가?

우리 아이가 예민한 이유는 이 3가지 중 하나이거나 둘 이상이 뒤섞여 작용하고 있기 때문이다. 아이가 예민하다고 생각하는 순간부터 부모는 아이보다 더 예민해지는 상황에 직면한다. 아이가 남에게 따돌림당하며 살 것 같아서, 자기 것도 못 챙길 것 같아서 걱정과 염려가 시작된다. 이런 부모를 보고 아이는 더더욱 주눅이 들고 예민한 아이가 되어버린다.

'프린세스 메이커' 같은 게임에서는 게임의 룰이 잘못되면 리셋하고 처음부터 다시 하면 그만이다. 하지만, 아이를 양육할 때는 절대로 그럴 수 없다.

'첫아이 때의 실수를 둘째한테는 안 해야지!'라고 결심하지만, 막상 둘째 아이를 키우다 보면 성격도 다르고 상황도 달라지기 때문에 부모는 아이에게 똑같은 실수를 할 수밖에 없다. 아이를 너무 사랑하는 부모의 실수다. 너무 사랑하다 보니 당연한 것을 보지 못하고 잘못된 판단과 선택을 하기 쉽다.

부모들의 양육 태도에서 아이들은 예민해질 수밖에 없는 다양한 상황들에 직면한다.

지나칠 정도로 깔끔한 엄마는 아이에게 "음식을 흘리면 안 돼!" "흙을 묻히면 더럽잖아!" "깨끗이 치워야지!" 등의 말로 행동에 제약을 둔다. 그런 엄마일수록 아이가 바깥 환경과 접하는 기회를 주지 않는다. 약간의 감기 기운에도 집에만 있게 하거나, 다른 아이에게 맞고 다닐까 봐 놀이터에 데리고 가지도 않는다.

여기서 잠깐만

캐나다 퀸즈대학에서는 과잉육아(Hyper parenting)와 자녀들의 육체 활동의 상관관계를 설문조사를 통해 연구했다. 전체 설문 대상 가정의 어린이들 중에 64%는 일주일에 3회씩 마당에서 놀이를 했고, 12%의 아이들만이 동네 거리와 골목길에서 놀게 했다. 그 결과, 아이들에게 통제를 강하게 할수록 자녀의 육체 활동은 미미했고, 성장발달에 안 좋은 영향을 끼쳤다.

아이를 믿지 못하는 부모는 아이가 스스로 할 일을 대신해 주곤 한다. 이것은 부모의 지나친 과잉육아에서 오는 오류다. 혹시나 아이가 남보다 많이 뒤처지지 않을까 하는 걱정에 사로잡혀 미리 아이가 할 일을 알아내어 대신해 준다. 이런 엄마들을 '헬리콥터 맘'이라고 한다. 헬리콥터 맘은 하루 전의 헬리콥터가 뿜어내는 바람이 거세듯 치맛바람을 일으키며 자녀 주위에서 맴도는 어머니를 빗댄 말이다. 이런 엄마들은 평생을 자녀 주위를 맴돌며 자녀의 일이라면 무엇이든지 발 벗고 나선다. 과잉보호하는 엄마의 뜨거운 교육열의 한 단면을 가장 잘 나타내고 있다.

나 역시도 걱정과 불안 지수가 높은 엄마였다. 아이와 외부활동을 하다 보면 옷에 흙이 묻을 수도 있는데 그것을 용납하지 못했다. 그 대신 집에서 계획에 맞추어 정해진 시간에 아이와 할 수 있는 것을 함께했다. 여기저기 사이트를 검색하여 육아 정보를 알아내고 교구를 활용한 학습, 미술 놀이 등 다양한 것을 체험하게 한다고 아이를 참 힘들게 했던 엄마였다. 지금 하는 육아가 이상적인 육아인지, 이상한 육아인지 생각해 볼 필요가 있다.

❶ 아이가 예민할 때는 부모의 양육 태도의 문제인지, 부모의 불안에서 오는 문제인지, 부모의 갈등에서 오는 문제인지를 살펴야 한다.

❷ 아이가 예민하다고 생각하는 순간부터 부모는 아이보다 더 예민해지는 상황에 직면한다.

05

눈치 보는 아이의 태도에서 살펴야 할 2가지

아이가 눈치를 본다면, 무슨 문제가 있는지 들여다봐야 한다. 눈치를 본다는 건 다른 사람의 시선을 의식한다는 것이다. 아이들이 환경에 적응하는 과정에서 반응하는 태도를 보이는지, 응답하는 태도를 보이는지 이 두 가지의 태도를 살펴야 한다.

생후 6개월이 안 된 유아들은 모성을 경험하며 정서적 편안함을 느끼고, 그에 따라 몸과 마음의 리듬을 탄다. 그런 정서적 경험을 한 유아는 자신만의 리듬을 알기에 성장하면서 천재성을 보이기도 한다.

유아는 환경의 신호 혹은 자극에 응답할 줄 안다. 응답한다는 것은 엄마와 인격적 관계를 형성할 수 있다는 말이기도 하다. 예를 들어보자. 아기가 울고 있다. 아기는 자신의 매우 급한 신호가 받아들여지지 않으면 '좌절'이라는 부정적 경험을 하게 된다. 자기감정이 형성되지 않은 아이는 삶live보다 생존survival을 택한다. 이런 경험을 한 유아는 환경에 반응을 보일 여유가 없다. 오직 환경의 자극에 기계적인 반응을 보인다. 그러다 보면 자기감정에 충실하지 못하고 자신을 돌봐주는 대상에게 몰입하기 시작한다. 엄마의 모유를 먹으며 눈맞춤을 하는 동시에 엄마의 '눈치'를 살피기 시작한다. (대상 관계(object relating), D. W. Winnicott)

이런 아기들은 '세심'하지만, 때로는 '소심'한 아이로 자라게 되고 주변 환경의 눈치를 살핀다. 이렇게 성장한 아이는 '욱'할 줄만 알지 '분노'를 제대로 드러내지 못한다. 가까운 대상에게 심할 정도로 애증love hate을 보이기도 한다. 사회적 관계에서도 자신을 종종 희생하는 방향으로 선택하는 경향이 있다. 그로 인한 스트레스 반응을 보이고 공허함에 시달린다.

어른들에게 사랑받는 아이면서도 부모의 눈치를 많이 보는 아이들이 있다. 내가 상담한 다연이도 그런 아이 중 하나였다.

할아버지 댁에 가면 다연이는 사랑을 듬뿍 받는다. 다연이를 중심으로 가족들은 즐거운 시간을 보낸다. 하지만, 다연이는 자기 의사를 얘기할 때는 쭈뼛쭈뼛 눈치를 본다. 할아버지가 "장난감 사러 마트에 갈까?"라고 물으면 어른들의 눈치를 보면서 작은 목소리로 "아.. 니.. 에.. 요. 괜.. 찮.. 아.. 요."라고 말한다.

집에 온 손님이 다정하게 "다연아, 이리로 와서 소파에 같이 앉자."라고 하면 "아니에요. 거기는 엄마 자리라 앉으면 안 돼요. (자기 소파를 가리키며) 저는 여기에 앉아야 해요."라고 한다.

간식을 먹을 때도 "엄마, 이거 먹어도 돼요?" "엄마 몇 개 먹어요?" "엄마, 어디서 먹어요?"라고 묻는다. 엄마가 다연이를 혼내지 않는데도 꼭 그렇게 한다.

나는 이런 다연이를 보면서 아이의 마음이 궁금했다. 엄마의 얘기를 들어보니, 5세 무렵에 다연이를 어린이집에 보내면서 적응하는 기간이 다른 친구들과 비교해 오래 걸렸다고 한다. 다연이는 엄마가 자기를 어린이집에 두고 가버리는 것 같아서 떨어지지 않으려고 안간힘을 썼다. 그 후로 다연이는 엄마에게 더 집착하는 반응을 보였다.

아이가 눈치를 볼 때 부모는 먼저 아이의 속마음을 들여다봐야 한다. 아이가 언제부터 눈치를 보는 마음이 들었는지, 어떤 상황이 아이를 그렇게 만들었는지, 부모와 함께 있으면 어떤 느낌인지를 살펴야 한다. 부모에게 바라는 도움은 무엇인지도 알아야 한다. 아이가 눈치 보는 아이가 아니라 주체적인 사람으로 성장하게 조력하는 것이 부모의 역할이다.

❶ 아이들이 환경에 적응하는 과정에서 반응하는 태도를 보이는지, 응답하는 태도를 보이는지 이 두 가지의 태도를 살펴야 한다.

❷ 아이가 눈치를 볼 때 부모는 먼저 아이의 속마음을 들여다봐야 한다.

06

부모의 갈등이 아이에게 스트레스로 다가온다

아이들은 성인과 달리 뇌 발달이 아직 이루어지지 않은 상태다. 인지 발달이 한창 진행되는 시기이므로 감정적 부분에 빠르게 반응을 보이는 특성이 있다.

이때 부모가 아이 앞에서 갈등하는 모습을 자주 보인다면 어떻게 될까? 부모가 상대방 탓을 하고 원망하는 말을 들을 때마다 아이는 부모 사이에서 갈등을 회피하려 하거나 대화를 회피하며 마음의 문을 닫아버린다. 이런 경험을 한 아이는 대화에 어려움을 겪는다. 자기가 잘못된 행동을 했어도 자신을 탓하는 상대방을 원망하기 쉽다.

부모가 자기감정에 지나치게 치우쳐 아이에게 선을 긋고 마음의 벽을 쌓는다면, 아이는 부모의 기분을 파악하기 위해 '눈치 보는 아이'가 된다. 부모가 큰소리로 다투는 모습을 볼 때마다 아이는 공포감에 휩싸인다. 부모의 '감정 조절'이 오작동 될 때, 아이는 '이 세상은 공포로 가득한 곳이구나.'라고 생각한다.

아이들이 부모와 맺는 애착은 중요하다. 애착은 아이가 부모와 정서적 유대감을 경험하는 성장 과정 중 하나다. 부모의 잦은 다툼과 폭력, 정서적 학대, 부모의 이혼 등은 아이에게 보상결핍을 가져오게 한다는 연구 결과도 있다.

가정환경은 아이들의 성격 형성에 큰 영향을 미친다. 폭력적이고 지시와 명령을 일삼는 가정환경에서 자란 아이는 신경질적인 성격이 형성되고 우울과 불안, 감정적 혼란을 경험하며 정서적 불안감을 느낀다. 이렇게 성장한 아이들은 자신의 소망과 욕구를 억압하는 '착한 아이 콤플렉스'에 빠지기도 한다.

그렇다면, 소심하고 예민한 아이가 몸과 마음이 건강한 아이로 자라는 방법은 무엇일까?

아이를 키우는 일에는 비법이 따로 없다. 부모들은 말과 행동으로 짜증 나는 상황을 건전하게 해결하고, 관계를 회복하는 데 집중해야 한다. 그럴 때 아이는 '관계 회복력'을 배운다. 부모가 겪는 갈등에서 서로가 차이점을 이해하고 해결해 나가는 모습을 보일 때 아이는 '엄마, 아빠도 긍정적으로 해결하려고 노력하고 있구나!'를 느낄 수 있다.

여기서 잠깐만

부모의 갈등이 아이에게 어떻게 보이는지 생각해 보자.

- 평소 배우자에게 따뜻한 말투로 얘기하는가?
- 목소리 톤을 부드럽게 유지하며 아이와 대화하는가?
- 부모의 요구사항을 아이에게 표현할 때 공격적이지는 않은가?
- 부모가 동의하지 않는 상황에서 아이에게 존중하는 말투로 얘기하는가?
- 부부간의 갈등이 있을 때 아이 앞에서 해결하려는 모습을 보이는가?

부모의 갈등이 있을 때 아이와 상호작용이 잘 이루어졌는지 점검해 보는 것이 필요하다. 이런 객관적인 훈련이 이루어지면 자칫 소심하고 예민할 수 있는 아이가 아닌 신중한 아이, 관계를 맺을 때 사려 깊은 아이가 될 수 있다.

소심하고 예민한 아이로 키우지 않으려면, 부모의 양육 태도, 부모가 가지고 있는 불안 요소, 부모의 갈등을 객관화하여 '아이가 왜 예민한지'에 대한 원인을 찾아야 한다. 그 해답을 부모 자신에게서 찾는다면 아이는 정서적으로 건강하게 자랄 수 있다.

❶ 아이들은 인지발달이 한창 진행되는 시기이므로 감정적 부분에 빠르게 반응을 보이는 특성이 있다.

❷ 아이들이 부모와 맺는 애착은 중요하다.

07

발표 시간에 고개를 떨구는 아이

학교에서 발표할 때 자신이 없어 고개를 푹 숙이는 아이들이 있다. 작은아들 준협이도 소심해서 발표하는 것을 두려워했다. 학기 초에는 담임선생님을 찾아가서 부탁을 드렸다.

"선생님, 준협이가 소극적이니, 동기부여를 좀 해주셨으면 합니다."

학부모 공개수업이 있는 날이면 준협이도 엄마인 나도 긴장했다. 나는 준협이가 자신감 있게 수업을 받길 바랐고, 준협이 역시 엄마에게 좋은 수업 태도를 보여주고 싶어 했다. 그래서 더더욱 긴장했던 것 같다.

반 아이들은 선생님의 질문이 끝나기가 무섭게 "저요, 저요!"를 외치며 손을 들었다. 나도 모르게 야무지게 대답하는 아이와 준협이를 비교했다. 준협이는 똑바로 말하지 않고 기어들어 가는 목소리로 어물거렸다. 그런 아이의 모습을 본 날이면 나는 온종일 속앓이를 했다. 준협이도 조금이라도 실수를 한 날에는 집에 와서 짜증을 내거나 울먹이는 모습을 보였다.

누구에게나 아니라고 했지만, 사실 자신감 넘치는 큰아이와 준협이를 자꾸 견주어 판단했다. 이런 속마음을 숨겼지만, 나의 욕심이 준협이를 더 힘들게 했던 것 같다.

준협이는 형에게 적개심이 강했다. 형이 학교에서 상을 받아 온 날에는 풀이 죽어 방에서 꼼짝하지 않았다. 기분이 좋아서 어쩔 줄 모르는 형이 장난이라도 치면 준협이는 "하지 말라고!" 하며 흐느껴 울었다.

소심한 아이들은 대부분 내면으로 에너지를 사용한다. 아이가 소심하다고 해서 창의성이 떨어지는 것은 아니다. 우리가 알고 있는 유명인 중에는 에이브러햄 링컨, 버락 오바마, 간디, 워런 버핏, 빌 게이츠, 마크 저커버그, 타이거 우즈처럼 리비도(마음의 에너지)가 내향형인 사람들이 많다. 이들은 에너지를 안에서 찾는다는 공통점이 있다. 내향형 인간은 자신에게 집중하고 내면에서 기쁨을 찾는다. 의지가 강하고 자기만의 독특한 개성을 추구한다. 사람들의 인정과 찬사에도 크게 신경 쓰지 않는다.

소심한 아이는 대부분 '내향형'이다. 내향적인 힘은 침착해야 할 순간에 안정감을 유지한다. 능력을 발산해야 할 때는 이것이 강력한 동력이 된다. 성실함과 인내심을 부드럽게 발휘하는 토대가 되기도 한다. 신중하고 섬세한 기질은 자기가 좋아하는 분야에서 뛰어난 집중력을 발휘한다. 내향적인 사람은 타인과 쉽게 친해지지는 않지만, 일단 관계를 맺으면 최선을 다한다. 그래서 통념과는 달리 최고의 세일즈맨 중에는 내향적인 사람이 더 많다.

❶ 아이가 소심하다고 해서 창의성이 떨어지는 것은 아니다.

❷ 신중하고 섬세한 기질은 자기가 좋아하는 분야에서 뛰어난 집중력을 발휘하게 한다.

08

기질인가, 환경 때문인가?

새로운 환경에 적응하는 데 힘들어하는 아이들이 있다. 소심한 아이들은 새롭게 변하는 상황에 적응하는 데 시간이 필요하다. 대부분 안정적인 것을 추구하고, 모험을 좋아하지 않는다. 다른 아이들보다 새로운 환경에 적응하는 데 조금은 느릴 수 있지만, 섬세하게 관찰하는 장점이 있다. 결정을 내릴 때는 충분히 심사숙고하는 편이고, 자신만의 속도와 호흡을 중요하게 여긴다.

그런데도 부모는 소심한 아이를 바라보면서 걱정이 앞선다.

'어휴… 저래서야 무슨 일을 제대로 할 수 있을까?'

또한, 부모들은 관계에 서툰 아이가 될까 봐 몹시 마음을 쓰며 애를 태운다. 급기야 아이의 기질을 거론하기도 한다. '기질'은 타고난 기품과 성질을 아우르는 말로 유전자의 영향을 받는다. 그런 이유로 성격을 바꾸기가 쉽지 않다.

아이가 소극적 성향이라면, 타고난 내향적 기질인지, 환경에 의해 만들어진 것인지 그 원인을 알아볼 필요가 있다. 대인관계에서 문제가 되는 것은 성격이 아니다. 그보다는 스스로 괜찮게 여기는 '자존감'의 문제다.

사람들은 겉으로 보기에 능력이 잘 드러나는 외향형을 선호한다. 사람들은 입사 원서나 대학 입시 자소서를 쓸 때 본인이 내향형이라고 밝히지 않는다. 내향적이라고 하면 '외톨이', '혼자 있길 좋아하는 사람'이라는 뉘앙스를 풍기기 때문이다. 그러나 이것은 선입견일 뿐이다.

아이가 소심하다면, 내향적인 건지, 정서나 불안에 의한 것인지 관찰해봐야 한다. 스스로 판단하기 어려울 때는 전문가에게 상담을 받는 것도 좋은 방법이다.

여기서 잠깐만

미국 하버드대 심리학과 제롬 케이건(Jerome Kagan) 교수의 《성격의 발견》에 보면, 케이건의 어머니는 "아이는 타고난 성격대로 커가는 것이지, 부모가 만들어가는 것이 아니다."라고 자주 말했다고 한다. 성인이 된 케이건은 어머니의 양육의 의미를 뒤늦게 깨닫고 아동 기질을 연구하여 이 분야의 대가가 되었다.
(박진균의 《기질별 육아 혁명》 중에서)

케이건의 연구에 따르면, 아이들의 기질 중 유일하게 과학적으로 검증할 수 있는 것은 '위험회피 경향'이다. 아이들은 두 가지 상황에서 반응하는 것이 다르다. 즉, 낯선 상황에 부닥치거나 낯선 사람을 만나면 '억제되는 아이'(inhibited child)와 '억제되지 않는 아이'(uninhibited child)로 나뉜다. 억제되는 아이는 '위험회피 경향'이 높고, 억제되지 않는 아이는 '위험회피 경향'이 낮다.

기질 연구자들은 이렇게 '위험회피 경향'이 높을수록 '소심한 아이'가 될 수 있고, 전체 아동의 15~20%를 차지한다고 말한다. 비정상이라고 말하기에는 너무나도 높은 비율이다. 이같이 높은 비율은 다른 생물들에서도 비슷하게 발견되었다.(개, 고양이, 사자, 쥐에서도 소심한 기질의 개체가 비슷한 비율로 발견되었다.)

이렇듯 모든 기질에는 장점과 단점이 있다. 즉, 위험회피 경향이 높은 아이들은 낯선 환경에서 위축되고 숨어 버리고 새로운 환경에 적응하는 데 시간이 걸린다. 반면, 위험한 상황에서 다치거나 뛰어들거나 하는 행동은 드물다는 연구도 있다.

반대로, 위험회피 경향이 낮은 아이들은 대범하여서 낯선 상황을 즐기고 사람들을 대할 거라는 착각을 할 수 있다. 꼭 그렇지는 않다. 예컨대, 위험한 사고나 상황이 부모에게 혼날 가능성이 크다는 생각을 할 수 있기 때문이다.

위험회피 경향이 높은 아이, 즉 낯선 환경에 두려움을 느끼는 아이는 유아기에 자다가 깨서 우는 경우가 많다. 사소한 자극에도 불쾌감을 표현하는 아이들이 이런 경우다. 따라서 아이가 낯선 환경에서 불안해한다면 아이를 혼내거나 꾸짖기보다는 안정감을 느끼게 해주자.

❶ 소심한 아이는 새로운 환경에 적응하는 데 느릴 수 있지만, 섬세하게 관찰하는 장점이 있다.

❷ 대인관계에서 문제가 되는 것은 성격이 아니다. 그보다는 스스로 괜찮게 여기는 '자존감'의 문제다.

09

부모의 지나친 간섭과 통제

아들을 키우는 부모는 아이가 너무 드세서 감당이 안 된다고 하고, 딸을 키우는 부모는 아이가 너무 예민하다며 걱정한다. 남자아이들은 누가 달리기를 잘하는지, 누가 힘이 센지 등으로 능력을 평가받고, 여자아이들은 누가 눈과 코가 예쁘고 몸매가 아름다운지 등의 외모로 평가를 받는다. 이처럼 '능력이 뛰어나야 한다.' '외모가 출중해야 한다.'로 평가받다 보면, 아이들은 스스로 능력과 외모에 자신이 없는 경우에 남 앞에 나서기 싫어하고, 실수가 두려워 새로운 도전을 하지 않는 문제가 생긴다.

아이가 다른 사람의 시선을 의식하고 자기표현을 못 하는 것은 이런 이유 때문이다. 특히 여자아이들은 성장할수록 다른 사람이 자신을 어떻게 보고 어떤 평가를 하는지 무척 신경을 쓴다. 자신감이 없는 여자아이는 자신을 돋보이게 하려고 외모를 꾸미거나 남에게 인정받고자 다른 사람의 의견을 무조건 수용한다. 그럴수록 부모는 딸을 조용하고 차분하게 키우려고 행동에 간섭한다. 부모가 아이를 걱정하고 간섭할수록 아이는 소극적으로 반응한다.

대한민국의 부모들은 '결핍'보다는 '성공'을 지향하며 어릴 적부터 사교육에 너무 많은 투자를 한다. 아이에게 사과 따는 법을 알려주기보다는 부모가 나서서 사과를 따 주고 먹게 한다. 그러다 보니 아이들이 스스로 하는 기회가 상대적으로 줄어든다.

아이들은 키가 자라는 만큼 목소리도 커지고 인사성도 좋아진다. 아이의 정서가 충분히 편안하고 안정을 찾을 수 있게 부모는 한 발 뒤로 물러나 아이를 기다려주어야 한다. 부모는 아이의 거울이다. 아이가 행복하게 살아갈 수 있는 환경을 만들어 주는 노력이 필요하다. 일상에서 능력을 기르고 성장할 수 있게 기회를 제공해 주는 것이 부모의 역할이다.

❶ 부모가 아이를 걱정하고 간섭할수록 아이는 소극적으로 반응한다.

❷ 아이의 정서가 충분히 편안하고 안정을 찾을 수 있게 부모는 기다려주어야 한다.

10

낯가림이 심해서 새로운 환경에 적응을 못 해요

부모는 낯설고 새로운 환경을 두려워하는 아이를 이해하지 못한다. 소심한 아이가 새로운 환경에서 느끼는 두려움은 자신을 방어하는 감정이다. 성장 과정에서 발달, 정서, 인지 등의 여러 영역이 적절하지 못할 때 이런 행동을 보인다. 아이가 불안정한 상태일 때 이런 반응이 나올 수 있다.

새로운 환경은 자신감 있는 아이에게는 흥미롭고 호기심을 자극하지만, 소심한 아이에게는 불안하고, 심지어 공포를 느끼게 한다. 낯설고 새로운 환경을 꺼리고 두려워하는 아이에게 혹시 안 좋은 기억이 자리 잡은 것은 아닌지 생각해 볼 필요가 있다. 가령 아이에게 새 옷을 사주거나 장난감을 사주었는데, 아이가 싫어하거나 거부한다면? '새 옷인데 왜 싫지!' '새 장난감인데 왜 거부하지?' 이렇게 먼저 생각해야지, 아이의 반응에 당황하거나 화를 내어서는 안 된다.

정하는 낯가림이 심한 아이다. 정하의 엄마는 이런 딸이 걱정스럽다.

"정하는 모르는 사람이 인사만 해도 울먹거려요. 저는 '정하가 쑥스러워서 그런가 봐요.'라고 대신 대답해주곤 해요."

아이가 낯가림이 심하다며 부모가 나서서 보호하고 관계를 차단하면 부모와 자녀 간의 관계는 반드시 갈등을 겪는다. 낯가림이 심한 아이는 자극을 좋아하지 않는다. 거리낌 없이 상대를 대하는 아이보다 훨씬 조심성이 있다. 자신을 둘러싼 환경에 조심스럽게 반응하고, 주의 깊게 관찰한 뒤에 자신의 행동을 결정한다.

부모는 낯가림이 심한 아이를 오해한다. 정하처럼 낯선 사람이 인사만 해도 울먹거릴 때 그냥 쑥스러워서 우는 거로 생각하기 쉽다. 아이에게는 본능적으로 생존 능력이 있다. 자기와 애착이 강한 사람과 그렇지 않은 사람을 구분한다. 자신을 보호해주는 대상과 위협적인 대상을 구별할 줄 안다.

낯가림이 심한 아이들은 집에 손님이 오면 멋쩍어서 인사도 못 하고 엄마 뒤로 숨는다. 낯선 손님에게 무척 긴장하고 위축되어 인사할 수 있는 때를 놓친다. 이때 현명한 엄마는 아이와 어깨동무하고 아이 머리 위에 손을 얹어 인사를 하게 한다.

"안녕하세요. 우리 정하가 인사 잘 하죠."

엄마에게 칭찬을 들은 아이는 기분이 좋아진다. 낯가림이 심한 아이는 대안을 제시해주면 긴장감에서 벗어나고 인사를 잘할 수 있다.

낯가림은 아이가 사람들과 관계를 맺고 사회성을 키워가는 첫 단계라고 할 수 있다. 부모와 조부모, 지인들과 관계를 맺고, 점차 많은 사람과 사회적 관계를 맺는다.

유아기에 낯가림을 하는 아이를 보면, 낯가림은 특정 나이에 잠깐 나타났다 사라진다. 반면에 그렇지 않은 아이는 일상생활의 경험에서 타인을 거부하고 두려워하는 모습을 보인다. 이런 아이는 낯가림으로 자신을 보호하는 것이다. 이 방법이 자기에게 안정감을 주기 때문이다.

아이가 낯선 사람과 환경이 두려워서 울먹이면, 그 자리에서 아이를 감싸 안고 토닥여주어야 한다. 아이의 울음을 야단쳐서 그치게 하고 그 상황을 모면해서는 안 된다. 아이는 똑같은 상황에서 또 울 수 있다. 아이를 안정시키고, '낯선 사람이라고 해서 모두 해를 끼치는 것은 아니다.'라는 인식을 심어주어야 한다.

아이에게는 두려움을 극복하고 익숙해지는 시간이 필요하다. 아이가 사람들을 편하게 대하는 데 익숙해질 때까지 기다려주자. 이런 부모의 행동에 아이는 배려받는다고 생각한다.

❶ 소심한 아이가 새로운 환경에서 느끼는 두려움은 자신을 방어하는 감정이다.

❷ 낯가림은 아이가 사람들과 관계를 맺고 사회성을 키워가는 첫 단계이다.

11

유치원에 안 가려고 떼를 써요

하준이는 이사하면서 새로운 보육시설로 옮겼다. 낯선 환경과 변화에 잘 적응해주면 좋으련만, 하준이는 엄마와 좀처럼 떨어지려고 하지 않았다. 처음 보는 선생님과 친구들이 낯설었는지 "집에 가고 싶어."라는 말만 되풀이했다.

부모는 아이가 새로운 환경에 적응하는 것을 너무 쉽게 여긴다. 아이에게 환경이 바뀌는 것을 자세하게 설명해 주지 않는다. 낯선 환경에서 부모와 아이가 느끼는 체감은 너무나 다르다. 엄마와 떨어져 있는 동안 아이는 이 세상에 혼자 남겨진 기분이 든다.

아기가 어느덧 훌쩍 커서 어린이집이나 유치원에 가면 부모는 아이보다 마음이 더 설렌다. '아이가 새롭고 낯선 환경에 잘 적응할 수 있을까?' 잠시 고민하지만 크게 염려하지는 않는다. 부모는 아이가 공동체 생활에 잘 적응하고 사회성을 발달시키는 시작점이 되기를 바란다.

아이는 새로운 환경에서 낯선 선생님과 친구들을 만난다. 아이는 어떤 마음일까? 첫 번째 공동생활인 만큼 긴장이 된다. 아이가 어린이집이나 유치원에 가기 싫어한다면 무슨 문제가 있는지 살펴봐야 한다.

"엄마와 떨어지기 싫어요."
"친구들이 나랑 안 놀아줘요."
"선생님이 무서워요."
"친구들이 나만 못 한데요."

아이는 자기 마음을 알아달라고 부모에게 말한다. 아이는 어린이집, 유치원에 가기 위해 아침에 집 앞에서 엄마와 헤어지는 것이 전혀 즐겁지 않다. 낯선 환경에서 친구들과 함께 있는 시간도 두렵다.

이때 부모는 "왜 그래?"라고 아이를 다그치지 말고, 아이가 혼란을 겪지 않게 해주어야 한다. 그러기 위해선 칭찬을 평소보다 10배로 늘려서 해보자. 절대로 화내거나 꾸짖어서는 안 된다. 칭찬하면서 아침에 반복적인 헤어짐을, 오후에 반복적인 만남을 훈련하는 연습을 하자. 그런 과정을 통해 아이는 두려움을 이겨내는 지혜를 익히게 된다.

❶ 낯선 환경에서 부모와 아이가 느끼는 체감은 너무나 다르다.

❷ 아이를 다그치지 말고, 칭찬을 평소보다 10배로 늘려서 해보자.

3장

엄마 아빠는 왜 예쁜 말 안 해요?

우리 집이 이 세상에서 가장 따뜻한 보금자리라는 인상을
아이에게 줄 수 있는 부모는 훌륭하다.
아이가 집을 따뜻한 곳으로 알지 못한다면
그것은 부모의 잘못이며,
부모로서 부족함이 있다는 증거다.

-워싱턴 어빙(Washington Irving)

12

아이가 병원 가는 것을 싫어해요

병원에 웃으면서 가는 아이는 거의 없다. 아이에게는 병원이 무서운 곳이다. 왜냐면, 안 좋은 기억이 자리 잡고 있기 때문이다. 병원 간판을 보기만 해도 자지러지는 아이들에게는 두려움의 경험이 있다.

유아들은 대부분 예방접종을 하기 위해 엄마 손을 잡고 병원에 처음 간다. 아이에게 병원은 낯선 곳이다. 특유의 병원 냄새가 나고, 벽에는 몸속 그림이 걸려 있고, 치과에는 커다란 치아 모형물 등이 책상 위에 놓여 있다. 처음 보는 병원의 모습에 잠시 어리둥절하는데, 하얀 옷을 입은 사람(의사와 간호사)이 밝은 표정으로 맞이한다. 엄마와 의사가 몇 마디 말을 주고받더니 무시무시한 주사를 꺼내 든다. 갑자기 팔뚝이나 엉덩이에 단번에 주삿바늘을 콱 꽂는다. 분명 '아프지 않다'라는 말을 들었는데, 주삿바늘이 몸속으로 들어오는 순간 너무나도 따끔하다. 아이는 너무 아파서 비명을 지른다.

유아들이 병원에 가기 싫어서 저항하는 데는 다 이유가 있다. 아픔과 관련된 정서적인 기억이 '병원은 아픈 곳이다.'라고 저장되어 있다. 병원에서 안 좋은 경험을 한 아이는 부모에게 "병원에 가자."라는 말만 들어도 불안이 엄습해온다.

아이가 말을 안 듣고 떼를 쓰면 엄마는 한술 더 떠서 "의사 선생님한테 주사 놓으라고 할 거야."라며 겁을 준다. 이 말은 그야말로 아이에게 커다란 불안감을 조성한다. 아이에게 일시적인 효과는 있지만, 아이 마음속엔 병원이 공포 그 자체로 자리 잡는다. 이런 경험의 반복으로 논리적 사고가 부족한 아이는 조금만 아파도 '내가 엄마 말을 안 들어서 아픈 거야.'라고 생각할 수도 있다.

아이를 병원에 데려가야 하는데, 아이가 '병원'이란 말만 들어도 경기를 일으키니 거짓말을 하는 부모들도 있다. "아이스크림 사 먹으러 가자." "마트에 가서 좋아하는 장난감 사자."라고 얘기하고 병원으로 향한다. 아이는 병원 입구에서 기겁한다. 그 순간 부모와 아이의 믿음은 산산조각으로 깨진다. 불신의 골도 깊어진다.

그렇다면, 아이에게 '병원은 무서운 곳이 아니다.'라는 것을 어떻게 알려줘야 할까?

먼저, 병원은 '배려가 가득한 곳이다.'라는 인식을 심어주어야 한다. 의사 선생님은 어떤 일을 하는 사람인지 아이 눈높이에서 설명해 준다. 병원에 관한 동화책을 함께 읽으면서 긍정적으로 생각할 수 있게 해준다. 병원놀이를 하면서 의사 또는 간호사가 되어보고, 환자도 되어보는 역할놀이를 하는 것도 좋다. 이로써 아이는 '병원에 가서 진찰받아야 아픈 몸을 빨리 회복할 수 있다.'라고 생각할 기회를 얻는다. 이런 연습을 하면서 아이의 병원에 대한 인식을 바꿔주는 노력이 필요하다.

❶ 유아들이 병원에 가기 싫어서 저항하는 데는 다 이유가 있다.

❷ 아이에게 '병원은 무서운 곳이 아니다.'라는 인식을 바꿔주어야 한다.

13

캄캄한 어둠을 무서워해요

칠흑같이 어둡다. 너무 캄캄해서 아무것도 보이지 않는다. 주변은 고요하리만큼 조용하다. 아이의 귓가에 들려오는 소리가 있다. 시계의 초침 소리, 창문 밖으로 차가 지나가는 소리, 아파트 윗집 사람이 걸어 다니는 무겁고 둔탁한 소리는 아이가 잠을 자려고 하거나 잠이 덜 깬 상태에서 귓속 가득히 파고든다. 비 오는 날에는 천둥소리에 놀라 깊은 잠에서 깨어나기도 한다. 천둥과 번개를 동반한 비가 내릴 때는 공포에 휩싸인다.

4~5세 아이들은 낮이 지나면 밤이 되는 자연의 이치를 충분히 이해하지 못한다. 어둠은 막연한 두려움을 일으키게 한다. 어둠이 깔리면 눈에 보이는 것이 없다. 캄캄한 공간에 혼자 있을 때 아이는 책이나 영상에서 본 적이 있는 괴물이 갑자기 나타나거나, 괴물이 자기를 잡아가

는 상상을 한다. 이처럼 공포에 압도되면 상상과 현실을 구분하는 게 쉽지 않다.

아이들이 느끼는 무서움과 두려운 정도를 가볍게 생각해서는 안 된다. "뭐가 무섭다고 그래. 괜찮다니깐. 하나도 무섭지 않아." 하며 아이의 감정을 무시해서는 안 된다. 감정에는 기쁨, 슬픔, 두려움 등 그 종류가 다양하다. 어떤 감정이든 사람마다 느끼는 정도와 강도가 다를 수 있음을 수용하고 인정해 주어야 한다.

나에게는 공황장애로 힘들어하는 조카가 있다. 형부와 언니는 음식점을 운영해서 아이를 돌볼 시간이 부족했다. 남매인 조카 둘은 학령기 전부터 할머니와 함께 있는 시간이 많았다. 시골의 한적한 농가 주택이라 주변 환경은 조용했다. 저녁이면 할머니는 아이들끼리 방에서 놀게 하고 일찍 주무셨다. 조카들은 부모를 기다리다 잠이 들곤 했다.

조카는 어릴 적에 끔찍하게 두렵고 무서웠던 날을 잊을 수 없다고 했다. 늦은 밤에 아빠와 엄마를 기다리는데, 갑자기 비가 내렸다고 한다. 번개가 번쩍이더니 몇 초 있다가 천둥이 쳤다. 너무 무서워서 이불 속에서 귀를 막고 벌벌 떨었다고 한다. 이 사실을 할머니와 부모님에게 말했지만, 아이가 어려서 겁이 많다며 대수롭지 않게 여겼다고 한다. 이런 상황을 여러 번 경험한 조카는 성인이 되었다. 직장을 다니던 어느 날, 호흡이 빨라지며 과호흡 증상을 보였다. 급기야 쓰러지는 일을 반복했다. 그 후에 조카는 병원에서 공황장애 진단을 받았다. 어두컴컴한 환경, 천둥소리 같은 자극, 스트레스가 겹치다 보니 공황증세를 보이게 되었다. 어릴 적에 아이가 부모와 떨어져 분리불안을 느끼는 경험들이 쌓이다 보면 성인이 되어서 이런 증상이 나타날 수 있다.

여기서 잠깐만

해리 할로우(Harry Harlow)의 새끼 원숭이 실험이 있다. 갓 태어난 원숭이를 어미로부터 격리했다. 새끼 원숭이들을 각각 4마리씩 다른 우리에 들어가게 했다. 한쪽 우리는 철사로 어미를 만들어 우유가 나오게 했고, 다른 쪽 우리는 헝겊으로 어미를 만들었지만 우유가 나오지 않았다.

두 우리에서 키워진 새끼 원숭이들에게 그 이후 두 어미 중 하나를 선택하게 했는데, 원숭이들은 바로 헝겊 어미 쪽을 선택했다. 배가 고프면 철사 어미 쪽으로 가서 우유를 먹었지만 온종일 헝겊 어미 쪽에서 시간을 보냈다. 무서운 상황을 연출하자 원숭이들은 당연히 헝겊 어미 쪽으로 향했다. 헝겊 어미를 아예 없애버리고 공포 자극을 주자 철사 어미 쪽으로 달려가지 않고 구석에서 몸을 웅크렸다. 그러면서 손가락을 빨거나 완전 몸이 얼어버리는 반응을 보였다.

새끼 원숭이 실험은 사람들에게 충격을 안겨주었다. 사랑의 본질에 의문을 갖게 했다.

1958년 당시 미국의 육아 환경은 상당히 경직되어 있었다. 아이는 따로 재우는 것이 당연했고, 시간에 맞춰 우유를 주었고, 아이가 울어도 안아주지 않았다. 울 때마다 안아주면 나약한 아이가 된다고 생각했다.

해리 할로우 박사는 이러한 관념과 육아의 틀을 바꾸는 연구를 한 것이다.

조카는 어릴 적 밤늦게까지 부모님을 기다리며 경험했던 공포로 인해 사방이 막힌 공간에 있거나 혼자 있을 때 불안감에 휩싸인다. '지진이 나서 집이 무너지면 어쩌지.' '도둑이 창문으로 들어오면 어쩌지.' 걱정하며 현실에서 일어나지 않은 일에 불안을 느낀다.

아이가 어두운 곳을 두려워하고 무서워한다면 부모는 어떻게 해야 할까?

아이가 무서워하는 대상을 그냥 넘어가기보다는 왜 그런지 관찰해보자. 아이가 상상 속의 괴물과 귀신을 두려워할지라도 인정해 주고 수용하려는 자세가 필요하다. "엄마 아빠가 지켜주고 있으니, 괜찮아." 하며 아이가 안정감을 느끼도록 말해주어야 한다.

아이의 마음을 읽고 헤아려주자. 어둠이 두려움의 대상이 아닌 자연스러운 현상임을 알아가도록 기다려 주자. 부모의 공감과 배려를 아이가 느끼면 공포심을 충분히 이겨낼 수 있다.

❶ 아이들이 느끼는 무서움과 두려운 정도를 가볍게 생각해서는 안 된다.

❷ 아이가 상상 속의 괴물과 귀신을 두려워할지라도 인정해 주고 수용하려는 자세가 필요하다.

14

"싫어! 안 할래!" 발달 단계별 성장의 양면성

아이들이 자아가 형성되기 시작하면서 하는 말이 있다.

"싫어!"

"안 해!"

"못 해!"

한 연구에서는 아이들이 발달 단계에서 가장 많이 하는 말이라고 했다. 이 말의 진정한 의미가 무엇인지 생각해 보자.

에릭슨은 아이의 이런 발달 상태를 '자율성 발달의 민감기'라고 표현했다. 아이의 발달 과정에서 건강한 자아의 기초가 형성되는 중요한 시기다. 자율성이 제대로 발달하지 못하면 아이는 수치심과 회의감으로 자칫 소심해질 수도 있다. 그 결과 자신의 방어기제인 부정적 언어로 감정을 표현한다.

그런데 부모는 이 시기 아이들의 말을 오해해서 듣는다.

"고집이 어찌나 센지 도리질 치고 울면서 싫다고 해요."

"기분이 좋은 날에는 받아주는 편이지만, 그렇지 않은 날에는 혼내줄 수도 없고 답답해요."

아이가 왜 "싫어!" "안 해!" "못 해!"라고 하는지 제대로 파악하지 못한 부모와 아이의 불협화음은 오랫동안 지속된다. 결국 아이는 부모로부터 자신을 방어하고자 소심한 아이가 되고, 자기 생각을 표현하지 못하고 욕구불만이 많은 아이로 성장한다.

아이는 자아가 발달하는 만 2세 이후부터 자기 생각이나 의사 표현을 직접 또는 간접적으로 피력하기 시작한다. 싫고 좋음에 대한 표현이 명확해진다. 무슨 일이든 "내가 할 거야!"라고 주장하거나 하고 싶은 것만 하려고 고집을 피운다. 말끝마다 "싫어!" "안 해!"로만 대답하는 부정적인 모습을 보이기도 한다.

아이의 부정적 의사 표현이 모두 단순한 고집이거나 떼쓰기의 일종인 것은 아니다. 주변 사람들의 언어 습관을 의미 없이 따라 하기도 하고, 한두 번 해본 부정적인 말에 과민 반응하는 부모와 놀이를 한다고 생각할 수도 있다.

아이의 부정적인 언어 습관은 발달 과정의 자연스러운 단계로, 나이별로 그 의미가 조금씩 다르다.

❶ 0~2세

이제 막 말문이 트여 말이 늘기 시작한 아이는 부모, 형제자매가 하는 말을 그대로 따라 한다. 엄마가 형에게 “주스 마실래?”라고 했는데 형이 “싫어!”라고 대답하면 그것이 거부의 표현인지도 모른 채 자신도 그냥 “싫어!”라고 말한다. 그러면서 엄마가 왜 자기한테 주스를 안 주는지 의아해한다.

이 시기의 아이가 “싫어!” 하는 말은 상대방의 행동에 대한 부정이나 거부의 표현보다는 하나의 단어로 인식하는 것이다. 평소에 자주 듣지 못했던 새로운 말이기 때문에 오랫동안 기억하고 놀이처럼 사용하기도 한다.

❷ 3~4세

‘좋고 싫음’이 분명해지는 시기다. 자아정체성이 강해지면서 점점 부정적 의사 표현으로 자기주장을 한다. 엄마가 일방적으로 지시하거나 명령하는 일에 대해 부정적인 의사 표현을 한다. 이는 강한 부정의 의미라기보다 ‘나도 내 생각이 있고, 하고 싶은 말이 있어.’라는 것을 알려주고 싶은 아이의 신호다.

한참 재미있게 공룡놀이 중인데 엄마가 “잠잘 시간이야. 이 닦자.”라고 말하면 아이는 어떤 반응을 보일까? ‘조금만 더 놀고 싶다.’는 자신의 마음과 상관없이 놀이를 중단해야 하는 상황에 맞서 “싫어. 안 닦아!”라고 강한 반응을 보이기 쉽다.

❸ 5~6세

자신의 욕구가 더 강해져서 부모의 일방적인 의사 결정에 대해 강한 반항심을 표현한다. 3~4세 시기에 자기의 의사 표현에 대한 반응을 제대로 얻지 못한 경우에는 부정적 표현이 더욱 강해진다. 상황에 따라 정말 하기 싫지 않은데도 부모의 반응을 살펴보기 위해 신경전의 수법으로 부정적 표현을 하기도 한다.

버릇처럼 부정적 표현에 익숙해진 아이에게 부모가 강압적인 태도를 보여서는 안 된다. 부모가 자포자기한 듯 '그럼 그러든지' 식으로 무시하면 아이는 자기 의견을 정확하게 말하는 법을 배우지 못한다. 의사 표현의 자율성을 방해받은 아이는 마음속에 화를 감추고 있다가 불쑥불쑥 공격적이고 반항적인 모습을 보일 수 있다.

아이의 "싫어!" "안 해!"라는 말을 듣고 부모에게 반항하고 대든다고 생각하는 부모가 많다. 부모의 말을 거절하는 의미로 받아들이고 상처를 받기도 한다. 이때 아이와 맞서 싸우거나, 일부러 요구를 안 들어주면서 차갑게 대하고, 아이와의 기 싸움에서 이기려는 경우도 흔하다. 아이의 말을 부정적으로만 해석하지 말자. 아이가 커서 자기 생각을 표현할 수 있게 되었으니 기특하고 대견하게 받아들여야 한다.

어느 정도 말귀를 알아듣는 나이가 되었다며 '이 기회에 버릇을 고쳐야겠다.'라는 식으로 아이를 꾸짖어서는 안 된다. 아무리 화가 나더라도 협박, 무시하는 말, 짜증 등 극단적인 표현을 해서도 안 된다.

아이의 부정적인 언어 습관은 강한 부정으로 자기 의견을 표출하고픈 강력한 의지일 수도 있다. 아이의 말 속에 담긴 의미를 정확히 파악하고 이해해야 한다.

❶ 아이의 부정적인 언어 습관은 발달 과정의 자연스러운 단계로, 나이별로 그 의미가 조금씩 다르다.

❷ 강한 부정은 자기 의견을 표출하고픈 강력한 의지일 수도 있다.

15

도전을 회피하는 아이

새로운 도전을 두려워하고 회피하는 아이들이 있다. 그런 아이를 볼 때 부모의 마음은 속상하다. 하지만 그 전에 부모는 기억해야 할 말이 있다.

'아이의 의견과는 상관없이 부모의 결정으로 도전을 하게 만든다.'

아이가 진짜 원하는 것을 이해하고 있는가?

아이는 친구들과 소꿉놀이를 하고 싶어 한다. 그런데 엄마는 그림책을 읽자고 권한다. 지금 아이가 진짜 원하는 것은 소꿉놀이인데 엄마가 책을 계속 권할 경우, 아이는 아무리 좋은 대안을 제시해도 따라오지 않는다. 엄마가 원하는 대로 끌고 가는 것이 아니라 아이에게 조절 연습을 시키는 것이 우선이다. 부모들은 이것을 종종 잊는다. 아이가 들어주는 척하다가 나중에 '다 엄마 마음대로야.'라는 느낌을 갖지 않게 해주어야 한다.

❶ 원하는 것이 있을 때, 다른 것으로 바꾸지 않는 아이

일반적으로 이 유형의 아이는 자기가 생각한 것, 예측한 것 이외의 상황을 받아들이는 것에 상당한 시간이 걸린다. 그래서 낯선 곳에 가서 적응하는 시간, 새로운 것을 받아들이는 시간 등이 오래 걸린다.

만약 아이가 이런 유형에 속한다면, 아무리 좋은 대안을 줘도 잘 받아들이지 않을 가능성이 크다. 이런 상황에서는 부모가 안되는 이유를 너무 길게 설명해서는 안 된다. 아이와 말씨름이나 힘겨루기도 하지 말아야 한다.

"에이, 이건 안 되는 거 알잖아."

이렇게 말하고 아이가 받아들일 수 있는 시간적 여유를 주어야 한다. 아이의 마음에 공감해 주는 척하면서 부모 마음대로 끌고 가서도 안 된다. 아이가 진짜 원하는 것이 무엇인지 먼저 이해하는 것이 필요하다.

❷ 새로운 것을 받아들일 때 시간이 걸리는 아이

가장 가까운 사람이 자기가 잘 못 하는 모습을 보고 실망하진 않을까 걱정부터 하는 아이일 경우 새로운 것에 도전을 꺼린다. 이런 유형의 아이에게는 좀 더 따뜻한 말을 해주고 일관성 있게 기다려 주어야 한다.

또한, 아이를 칭찬할 때는 칭찬의 포인트를 결과보다는 과정에 두어야 한다. 어떤 행동을 해야 보상을 해주는 조건부 행동 지도를 해서는 안 된다.

새로운 것을 받아들일 때 시간이 걸리는 아이에게 답답하다고 윽박질러서는 안 된다. 부모에게 이런 말을 들을 때 소심한 아이는 죄책감이나 불안감을 느낀다. 심하면 스스로 결정을 못 내리는 결정 장애 증상을 보이는 성인으로 성장할 수도 있다.

아이가 점점 고집이 세지고 자기 의사가 분명해질 때는 부모가 어떻게 해주어야 할까?

아이가 "엄마가 시키는 대로 하기 싫어!"라고 말한다면, 자기 주관을 가지고 표현하기 시작한 것인지, 아니면 다른 정서적 문제인지 파악하는 것이 중요하다. 부모는 '꼭 해야 하는 것'과 '싫으면 하지 않아도 되는 것'을 정확하게 구분해야 한다. 싫다는 아이에게 도전하라고 억지로 등을 떠밀면 오히려 아이의 성장에 문제가 생길 수 있다. 어느 정도의 분별력을 갖추게 하는 것이 부모의 과제다.

❶ 엄마가 원하는 대로 끌고 가는 것이 아니라 아이에게 조절 연습을 시키는 것이 우선이다.

❷ 아이를 칭찬할 때는 칭찬의 포인트를 결과보다는 과정에 둔다.

16

친구가 하자는 대로 따라 하는 아이, 속상해요

친구를 따라 하고 흉내 내는 아이 때문에 속상하다는 부모들이 많다. 자기 생각을 표현 못 해서 그런 걸까? 아니면 친구에게 맞춰 주기 위한 걸까? 아이의 생각이 궁금할 것이다.

특강 강사로 유치원과 어린이집에서 교육하다 보면, 이런 아이들을 자주 접한다. 어른들은 '아이들끼리 쉽게 어울리고 뛰어논다.'라고 생각한다. 과연 그럴까. 그것은 어른들의 착각이다.

아이들의 또래 관계는 어른들의 인간관계와 크게 다르지 않다. 아이들은 3~6세 시기에 본격적으로 또래 관계를 맺기 시작한다. 이 시기에 아이들은 옆에 있는 아이에게 "친구야!"라고 부르며 잘 어울린다. '일시적 동료 수준'이 형성되기 때문이다. 또 자기가 갖고 싶었던 물건을 또래 아이가 가지고 있으면 친해진다.

반면에, 눈에 띄는 신체적 기술인 달리기를 잘하거나 종이접기를 잘하면 아이들은 그 공간 안에서 자기중심적인 면을 보이기도 한다. 유아기 아이들은 '지금 여기' 현재에 머물러 있는 경우가 많다. 다른 사람을 별로 생각하지 않기 때문에 어른들이 보기에는 '어떻게 자기만 알까!'라고 생각할 수도 있다. 자기가 하고 싶은 것만 하므로 특히 놀이할 때 아이는 더더욱 그런 행동을 보인다.

아이들이 놀이할 때 관찰을 해보자. 아이가 한 친구와 함께 놀이를 시작했다. 그런데 중간에 끼어드는 친구가 생겼다. 그러면 아이들은 함께 노는 것을 힘들어한다. 어떻게 해야 할지 모르기 때문이다. 이런 아이들의 행동은 인지적 성향 때문에 그런 면을 보인다.

사회성이 좋은 아이와 그렇지 않은 아이

아이가 친구들과 잘 지내기를 바라는 것은 모든 부모의 바람일 것이다. 하지만 그것은 바람일 뿐이다. 유아기 아이들은 자기가 생각한 대로 친구도 생각한다고 믿고, 그렇지 않으면 무척 당황한다.

6, 7세 유치원에 다니는 아이들만 봐도 또래 관계에 어려움을 겪는 아이들이 많다. 이런 아이들을 위해 '친구 사귀는 방법'을 가르치는 학원도 생겨났다고 한다. 어느 정도 사리 분별을 하는 6, 7세만 되어도 낯설면 경계심을 갖고 자기와 마음이 맞지 않으면 싫어한다. 아이들은 자기 마음에 충실하여 남에게 맞춰 주는 어른들보다 훨씬 관계에 분명한 부분이 있다.

한 커뮤니티 맘 카페에 올라온 글들을 살펴보다 이런 글을 본 적이 있다.

사례 ❶

우리 아이가 친구랑 블록 놀이를 했어요. 친구는 자기가 원하는 곳에만 블록을 끼우라고 했어요. 우리 아이가 다른 곳에 블록을 끼우면 "여기 아니야. 이쪽에다 끼워!"라고 했어요. 그러면 우리 아이는 곧바로 친구가 원하는 곳에 블록을 다시 끼워 놓았어요.
이번에는 친구가 기차놀이를 하자고 했어요. 자기 의견은 없이 친구가 하자는 대로 했어요. 그 모습을 보고 있자니 너무 속상하고 화가 나요.
마치 로봇처럼 친구가 "너 텐트로 들어가!" 하면 "응" 하고 바로 들어가요. TV 보는데 친구가 "TV 꺼!" 하면 바로 꺼버려요. 친구가 무서운 건지, 아니면 우리 아이가 자기 의견이 없는 건지. 어떡해야 할지 고민입니다. 한 학기가 끝나면 선생님이 기록부에 '배려심이 많은 아이', '친구들에게 인기 많은 아이'라고 써주시는데, 우리 아이 이래도 괜찮은 걸까요?

사례 ❷

아이가 노는 것을 가만히 보면, 자기 역할이 분명한 거 같아요. 학교놀이를 하면 선생님 하는 아이가 있고, 학생 역할을 하는 아이가 있잖아요. 병원놀이를 해도 의사 하는 아이가 있고, 환자 역할을 하는 아이가 있고요. 저희 아이는 놀이할 때 매번 학생이나 환자 역할만 해요.
놀이상황은 이래요. 선생님 역할을 하는 아이가 학생한테 혼을 내고, 벌서게 해요. 저희 아이는 선생님 역할을 하는 친구에게 잘못했다고 하고요. 너무 속상해서 글을 올려 보네요.
친구랑 노는 것만으로도 좋은 건지? 어떤 게 옳은지 그른지 알려고 하지도 않아요. 그저 친구가 하라는 대로만 할 수 있다 쳐요. 그런데 저희 아이가 역할을 바꿔서 하자고 말하면 선생님, 의사만 하는 친구가 "그럼, 딴 거 하자."며 저희 아이의 의견을 무시해 버리네요. 그래도 저희 아이는 삐치지도 않아요. 저희 아이를 어떻게 해야 할까요?

아이가 자기주장이 없어 친구들에게 휘둘릴까 봐 엄마는 걱정이 되었다. 그래서 답답함에 글을 올렸다고 한다.

엄마가 보기엔 자기 아이가 친구들한테 휘둘리는 것처럼 보일 수도 있을 것이다. 아이가 놀이할 때 학생이나 환자 역할을 맡는 것이 더 좋아서인지, 친구가 강요한 것인지 아이의 마음을 먼저 살펴야 한다. 아이에게 또래 친구는 어떤 의미인지 직시하고 객관적으로 보아야 하는 부분도 있다.

'또래'는 일반적으로 나이나 수준이 서로 비슷한 무리를 말한다. 성장하면서 함께하는 사회적 관계유형에 속한다. 대부분 또래는 관심사가 비슷하고, 활동도 같이하고, 정기적으로 만난다. 또래는 이웃, 놀이터,

교실 등 아이들이 모이는 곳이면 쉽게 찾아볼 수 있다.

또래가 주기적으로 만나는 관계인 반면, 친구는 조금 더 특별한 관계라고 할 수 있다. 친구는 또래 활동 이외에도 서로가 특별히 선택한 놀이 친구를 뜻한다. 친구는 아이들이 사회적 유연성을 발달시키는 기회를 제공한다. 친구 관계를 통해 타인의 욕구, 자신의 욕구를 인식하고 조율하는 경험, 협동, 이타심과 같은 친 사회적 기능도 발달시킬 수 있다. 또한 의사소통, 갈등관리, 신뢰감과 친밀감 형성과 같이 사회적 문제해결에 필요한 기술도 연습할 수 있다.

'힘의 우산'이라는 말이 있다. 어울리고 싶어 하는데 잘 안 되는 아이를 일컫는 말이다. 이런 아이는 인기가 많은 친구 옆에서 보호받고 싶어한다. 그 친구가 아이에게 정서적 완충재 역할을 해준다고 믿기 때문이다. 그래서 아이들은 '친구가 없으면 슬프고 불행하다.'라고 생각해 버린다.

아이가 비탈길에 서 있다고 가정해보자. 비탈길에서는 쓰러지거나 기울어지지 않도록 스스로 몸의 균형을 잡는 것처럼, 아이가 사회성을 갖추기 위해 성장하는 과정이라는 것을 유념해야 한다. 아이가 또래 친구에게 양보하는 것인지, 용기가 생기질 않아서 그런 것인지 그 원인을 파악하고, 부모는 아이가 스스로 적당한 내면의 힘을 기를 수 있게 기회를 제공해야 한다. 지켜보는 부모의 역할이 아이에게는 큰 영향력이 될 수 있다. 다른 아이와 비교하는 것은 금물이다! 결과보다는 과정을 중시하는 부모가 되자.

❶ 어른들은 '아이들끼리 쉽게 어울리고 뛰어논다.'라고 생각한다. 그것은 어른들의 착각이다.

❷ 아이에게 또래 친구는 어떤 의미인지 직시하고 객관적으로 보아야 한다.

17

사회인지 능력과 정서 조절 능력

어른들이 보는 시각에선 작고 귀여운 아이들이지만, 아이들도 친구 관계에서 정서적으로 힘든 상황에 놓인다. 사회인지 능력을 살펴봐야 한다. '사회인지 능력'은 타인의 행위와 관련해 내면의 생각, 신념, 정서, 적절한 행위나 반응을 보이는 능력이다. 눈치가 빠르고, 다른 사람의 마음을 알아차리고 공감하는 능력이 있는 아이는 친구들에게 인기가 있고 놀이 친구로 자주 초대된다.

친구 관계에 영향을 미치는 또 다른 요인은 정서 조절 능력이다. '정서 조절 능력'이 있으면 자신의 감정을 손상하지 않으면서 상대방의 생각, 감정, 의도 등을 이해하여 융통성 있게 대처할 수 있다. 즉, 자기감정 상태의 강도와 지속시간을 조절하여 필요한 경우에는 자신의 감정 표출을 지연하고, 또한 사회적으로 바람직한 방법으로 반응한다. 이 조절 능력은 자신이 경험한 부정적 정서를 바람직한 형태로 표현하거나 감소시킬 뿐만 아니라 타인의 정서 변화도 가져온다. 그리고 자신의 극대화된 긍정적 정서와 부정적 정서를 조절하여 정서의 균형을 이룬다. **만약 정서 조절 수준이 낮으면 공격적 행동과 같은 문제 행동, 또래 관계 형성의 어려움, 정신 병리적 문제를 일으킬 가능성이 크다.**

정서 조절 능력은 생애 초기부터 발달하기 시작한다.

❶ 생후 1세 전에는 울음이나 미소로 자기감정을 표현하여 타인의 행동을 이끌어내거나 주변의 물건을 조작하면서 자신의 정서를 조절한다.

❷ 2~4세에는 부정적 생각이나 감정에서 다른 곳으로 주의를 돌리거나, 유쾌한 생각을 하는 등 보다 만족스러운 방식으로 부정적 정서에 대처한다.

❸ 4~6세가 되면 타인의 얼굴 표정, 상황, 성향 등의 여러 요인을 통합하여 정서를 변별할 수 있다. 특정 상황에서 경험한 자신의 정서로 같은 상황에서 경험한 타인의 정서를 이해할 수 있는 상황적 추론이 가능하여 내적으로 경험한 정서와 외적으로 표출하는 정서를 적절하게 관리할 수 있다.

정서 조절의 발달은 개인차가 있다. 부모의 양육 태도, 부모의 성격, 부모와 자녀 간의 상호작용 등의 영향을 받는다.

정서 조절 능력을 향상하기 위해서는 인지적·행동적·생리적·체험적 전략을 염두에 두자.

❶ 인지적 전략: 부정적 정서에 대한 생각이나 신념을 변화시킴으로써 정서를 조절하는 것이다. 반추, 파국화, 인지적 재평가, 인지 재구조화, 합리화, 수용, 주의이동 등의 기법이 있다.

❷ 행동적 전략: 부정적 정서에 대하여 바람직하고 긍정적인 행동을 학습하는 것이다. (예: 영화 관람, 악기 연주, 그림 그리기 등)

❸ 생리적 전략: 심장박동, 혈압 등의 생리적 현상을 변화시킴으로써 정서를 조절하는 것이다. (예: 호흡, 명상, 이완 등)

❹ 체험적 전략: 직접적인 정서적 체험으로 정서를 조절하는 것이다. (예: 정서 자각하기, 느끼기, 웃기, 소리 지르기, 공감하기, 즐거운 것 상상하기, 행복한 사건 기억하기 등)

정서 조절 능력을 향상하기 위한 가장 쉬운 경험은 놀이다. 놀이를 함께하면서 아이들은 친구들과 공유하고 협상하는 연습을 할 수 있다. 가상놀이에서는 타인의 정서와 사고에 대해서 말하고 적극적으로 행동하는 경험을 할 수 있다.

가정에서 부모들은 아이들이 함께 잘 놀 수 있도록 기회를 제공해 주어야 한다. 그 기회가 제공되지 않는다면, 아이는 또래 친구에게 외면당하거나 소외될 수 있어 부정적 경험으로 남게 된다.

어떤 부모는 '쟤는 원래 혼자 있는 걸 좋아해.' '애가 너무 나대.' 하면서 아이의 기질 탓으로 돌리고, 아이가 또래와 잘 어울릴 수 있는 기회와 지도 자체를 거부하기도 한다. 아이마다 제각각인 개인차를 인정하고, 좀 약한 부분이 있더라도 사회적 유용성 증진을 위해 노력하면 아이는 또래와 잘 지낼 수 있다.

❶ 정서 조절 수준이 낮으면 공격적 행동과 같은 문제 행동, 또래 관계 형성의 어려움, 정신 병리적 문제를 일으킬 가능성이 크다.

❷ 정서 조절의 발달은 개인차가 있다. 부모의 양육 태도, 부모의 성격, 부모와 자녀 간의 상호작용 등의 영향을 받는다.

❸ 놀이를 함께하면서 아이들은 친구들과 공유하고 협상하는 연습을 할 수 있다. 가상놀이에서는 타인의 정서와 사고에 대해서 말하고 적극적으로 행동하는 경험을 할 수 있다.

18

부모의 말을 먹고 자라는 아이

말의 힘은 대단하다. 우리가 매일 먹는 밥처럼 아이들은 부모의 말을 먹고 자란다.

한 방송프로그램에서 말의 영향력에 관한 재미있는 실험을 한 적이 있다. 밥이 든 통에 수시로 긍정의 말과 부정의 말을 해주는 흥미로운 실험이었다. “고맙습니다.”와 같은 칭찬이나 사랑의 말을 들은 밥과 “짜증 나.” “미워.” 같은 무시와 비난의 말을 들은 밥의 반응과 변화를 살펴보았다. 4주 후 좋은 말을 들은 밥에서는 하얀 누룩곰팡이가 피었다. 반면에 나쁜 말을 들은 밥에서는 검푸른 곰팡이가 피었다. 같은 조건에서 단지 다른 말을 들려준 것뿐인데, 사람도 아니고 생물도 아닌 밥에서 이런 신기하고 놀라운 차이를 보였다.

부모가 아이에게 하는 말에서 하얀 누룩곰팡이가 필 수도 있고, 검푸른 곰팡이가 필 수도 있다. 사랑과 존중의 말을 듣고 자란 아이와 비난과 질책의 말을 듣고 자란 아이는 분명 다른 인생을 살 것이다. 부모가 들려주는 말은 아이 마음에 씨앗이 되어 사랑으로 피어나기도 하고, 상처로 얼룩지기도 할 것이다. 특히 어린 시절에 부모의 말 한마디는 아이들에게 큰 영향을 끼친다.

어릴 적에 어른들에게 들었던 말을 떠올려보자.

"누굴 닮아서 저러는지."

"꼭 하는 짓이 ○○ 닮았어."

"아휴, 지겨워 죽겠네."

어른들은 못되고 잘못된 것은 남편 탓 또는 아내 탓으로 돌리기 일쑤였다. 어른들이 무심코 던진 말 한마디를 들은 아이는 자신에게 상처 주는 말을 하는 그 대상을 공포와 불안의 대상으로 인식한다.

지시와 명령을 하는 부모의 말을 들어보면 부모의 목적을 이루기 위해 하는 것들이 많다.

"빨리 밥 먹고 학교 갈 준비해."

"어질러놓은 장난감 빨리 치워."

"게임 그만하고 숙제하라고 했지."

"엄마가 시키는 대로 해."

부모가 지시와 명령하는 말을 하면 아이는 눈치를 보고 마음이 불편하다. 부모 앞에서 하는 척 제스처를 해보지만, 아이 마음속엔 반항심이 가득하다. 부모가 하지 말라는 행동을 몰래 하고픈 충동도 느낀다.

아이가 사춘기에 접어들면 부모는 아이가 사춘기라고 판단하고 이런 말들을 자주 한다.

"중2병 참 요란하다."

"말대꾸 좀 그만해."

"지금 반항하는 거니?"

사실 부모가 말하는 것처럼 아이가 잘못된 것이 아니다. 성장하는 과정에서 자연스럽게 행동으로 나타나는 것이다. 부모가 명령과 지시를 일삼고 잔소리가 심하면 아이는 탱탱볼처럼 튀어서 밖으로 나도는 결과를 초래할 수도 있다.

미국의 심리학자 폴 버넷은 "부모의 언어 습관이 아이의 자존감 형성에 큰 영향을 미친다."라고 했다. 부모의 나쁜 언어 습관이 아이에게 그대로 이어져 부정적인 아이가 될 수 있고, 부모의 그릇된 말이 스펀지처럼 흡수되어 아이의 정서에 안 좋은 영향을 끼칠 수도 있다.

부모의 언어는 감정에 따라 자주 바뀌는 것이 아니라 일관성을 가져야 한다. 그 안에서 아이는 심리적으로 온전하고 사랑이 많은 아이로 자랄 수 있다. 좋은 말을 먹고 자란 아이는 부모와 소통의 다리를 만들고, 그 든든한 통로를 통해 크고 넓은 세상으로 한 발짝 걸어 나가는 힘을 얻는다.

❶ 사랑과 존중의 말을 듣고 자란 아이와 비난과 질책의 말을 듣고 자란 아이는 분명 다른 인생을 살 것이다.

❷ 부모는 아이의 눈높이에 맞추어 얘기해야 한다. 그래야 공감할 수 있다.

19

아이는 부모의 말을 스펀지처럼 흡수한다

아이에게 겁을 주고 협박하는 말

"너 빨리 안 하면 혼난다."

"말 안 들으면 네가 사고 싶은 거 안 사준다."

"정리정돈 안 하면 다 버린다."

이렇게 위협하는 부모의 말을 들은 아이는 두려움과 공포심을 느낀다. 겉으로는 부모의 말을 잘 듣는 아이처럼 보이지만 아이 마음속에는 분노와 원망이 가득하다. 이런 부정적인 경험들이 쌓여 반항적인 행동으로 나타나기도 하고, 부모의 힘에 억눌려 무기력한 아이가 될 수도 있다.

아이에게는 부모가 이 세상의 전부이다. 부모의 말이 상처가 되어 안절부절못하는 아이가 될 수도 있다.

따지고 분석하는 말

"형은 원래 동생한테 양보해야 하는 거야."

"학교에 빠지면 안 돼. 가기 싫어도 열심히 다녀야 해."

"네가 하는 행동이 어째 수상해. 엄마한테 뭐 숨기고 있는 거 아냐?"

"하기 싫다고 안 하면 어떻게 되겠니. 싫어도 참고 해야지."

부모 자신은 논리적으로 옳은 말을 한다고 생각할 것이다. 아이들 또한 옳은 말임을 안다. 그러나 현재 아이의 마음 상태를 보고 이야기하는 것이 중요하다.

아이는 부모의 말을 잘 따르지 못하는 자신이 싫을 수도 있다. 이런 아이의 마음을 몰라주고 계속 논리적으로 따지고 분석한다면 아이는 자기가 못났다는 생각에 사로잡혀 열등감에 빠지고 무기력의 틀 속에 자신을 가두게 된다. 부모에게 변명 아닌 변명을 해야 하기 때문에 점점 방어하게 되고, 논리적으로 반박하려는 충동도 일어난다. 하지만 그렇지 못한 아이일 경우 부모의 말을 듣기조차 싫어 귀를 막아 버리기도 한다.

비난하고 조롱하는 말

"생각 좀 하고 행동해라."

"지금 네 나이가 몇 살인데 아직도 이런 걸 못해."

"왜 이렇게 말귀를 못 알아들어."

"네가 그러니까 친구가 없는 거야."

이런 말을 들은 아이는 자신을 형편없는 사람이라고 생각한다. 조롱

하는 말을 듣는 순간 자신을 창피한 존재로 인식하게 된다. 부모가 무심코 던진 말 한마디로 아이는 모욕감을 느끼고 부모와 이어질 수 없는 단절을 느낀다.

끊임없이 다른 사람과 비교하는 말

"은서는 이번에 1등을 했다는데, 너는 성적이 이게 뭐니?"

"다원이는 책을 많이 읽어서 독서상을 받았는데 너는 책 읽는 걸 못 봤어."

"준석이는 엄마가 시키지 않아도 혼자서 준비물을 챙긴다는데, 너는 언제까지 엄마가 일일이 챙겨줘야 하는 거야."

"지원이는 골고루 잘 먹어서 키가 큰데, 너는 편식을 하니 키가 난쟁이 똥자루지."

다른 사람과 비교하는 말을 자주 들으면 아이는 부모가 자기를 사랑하지 않는다는 오해를 할 수도 있다. 부모의 사랑을 불신하게 되면 아이는 자신의 존재 자체를 허무하게 느끼고, 친구와 비교될 때마다 자책한다. 아이는 부모를 무조건적으로 사랑하지만, 남과 비교하는 말을 계속 들으면 아이도 다른 부모와 비교하며 판단하기 시작할 것이다.

걱정하는 말

"네가 사람 노릇이나 하고 살지 걱정이다."

"싹수가 노랗다."

아이를 키우는 부모는 불안하고 앞날을 걱정한다. 미래를 미리 대비하는 것은 인간의 본성이다. 그렇지만 걱정이 지나치면 현재를 슬기시 못한다.

인간은 불안을 오랫동안 마음속에 간직하지 못한다. 힘들고 괴롭기 때문이다. 그래서 그 불안을 타인에게 넘기려고 한다. 아이를 키우는 스트레스와 불안을 아이에게 그대로 넘기면 부모의 마음은 일시적으로 편안해진다. 그러나 부모가 불안해하는 말을 들은 아이는 부모가 걱정하는 만큼 조급해한다. 그러면서 부모와 같은 불안을 경험하게 된다.

화를 내는 말

"너는 사람이 아니야! 개만도 못해!"

"쯧쯧. 저것도 자식이라고!"

아이에게 정성을 들이는데도 변화가 없으면, 부모는 아이에게 인내심의 바닥을 보이며 화를 낸다. 그러나 훈육과 화를 내는 것은 분명히 다르다.

불안을 심어주는 말

"길을 건널 때 양쪽 도로를 자세히 살피지 않으면 차에 꽝 하고 부딪힌다."

"비가 올 때 우비를 입지 않으면 지독한 감기에 걸리게 될 거야."

부모는 아이에게 일어날 수도 있는 최악의 결과를 예측하는 말을 해준다. 현재 일어나지 않은 일을 추측한다. 그러나 최악의 부정적 결과를 심어주는 말은 아이에게 불안을 심어준다. 부모들은 위험에 대비하기 위한 효과적 방법이라고 생각하지만, 불안이 커질 수 있다는 문제가 있다. 이런 경험들이 쌓이면 아이는 소심한 아이가 될 수도 있다.

그렇다고 "다 괜찮다." "무서워할 것 없다."라며 지나치게 아이를 안심시키는 말도 좋지 않다. 부모가 일방적으로 안심시키는 말만 하면 아이에게 의존성이 생길 수도 있다.

"길을 건널 때는 양쪽 도로를 자세히 살피렴."

"비가 올 때는 우비를 입으렴."

이렇게 사실을 말해주는 것이 좋다.

신세 한탄을 하는 말

"너 학원에 보내느라 등골이 휜다 정말! 그런 거 알기나 해?"

"엄마는 옷 한 벌 제대로 못 사 입는데, 자기가 호강하는 줄도 모르고!"

"엄마가 없어 봐야 네가 정신을 차리지? 어휴, 힘들어 죽겠어. 자식이 뭔지."

아이에게 신세 한탄을 쏟아내는 부모가 있다. 부모는 그저 '과장해서 표현한 것'일 뿐이라고 생각하겠지만, 부모가 신세 한탄이나 우울함을 표현하면 아이는 훨씬 심각한 현실로 인식해 정서가 불안해진다. 부정적이고 비관적인 생각에 사로잡히기 쉽다. 아이는 자신이 빨리 커서 부모를 돌봐야 한다는 책임감에 짓눌릴 수도 있다. 또는 부모로부터 빨리 벗어나는 것이 자신이 안전해지는 길이라고 판단할 수도 있다.

부모는 말의 힘을 잊지 말아야 한다. 아이에게 긍정의 말을 해주면 아이는 주체성 있고 자신감 있는 사람으로 성장한다.

❶ 말이 많은 아이에게는 이렇게 말해주자.

"이야깃거리가 풍부하구나~"

"어쩜, 말을 이리도 잘할까!"

"말 잘하는 생각주머니가 있나 보구나."

❷ 소심한 아이에게는 이렇게 말해주자.

"조심성이 참 많은 아이구나~"

"섬세하고 꼼꼼하구나."

"차분하구나."

❸ 고집불통인 아이에게는 이렇게 말해주자.

"소신 있는 아이구나~"

"○○는 웃을 때 더 멋진데."

"어떻게 하면 기분이 풀릴까?"

❹ 차가운 아이에게는 이렇게 말해주자.

"엘사 공주가 여기 있었네."

"정말 똑똑한 아이구나."

조금은 억지스러운 표현일지 모르지만, 긍정적인 시선으로 바라보고 긍정적으로 표현하는 것이 좋다. 말은 좋은 관계를 만드는 출발점이 된다. '사랑한다', '감사하다', '이해한다', '용서한다'와 같이 이왕이면 긍정적인 말을 하는 습관을 들이자. 아이를 존중하고, 아이의 마음을 이해하고, 아이를 격려하고 지지해주는 부모가 되자.

❶ 옳은 말을 하더라도 현재 아이의 마음 상태를 보고 이야기하는 것이 중요하다.

❷ 긍정적인 시선으로 바라보고 긍정적으로 표현하는 것이 좋다.

4장

말투 하나만 바꿔도 관계가 극적으로 달라진다

자기 삶을 통제할 수 있다고 믿는 사람은
스스로 자기 삶을 바꿀 수 없다고 믿는 사람보다
훨씬 건강하고 유능하며 더 큰 성공을 거둔다.

- 앨버트 반두라(Albert Bandura)

20

사소한 일에도 징징대며 우는 아이

저희 아이는 사소한 일에도 울어요. 억울한 일, 힘든 일, 잘 안 되는 일, 슬픈 일, 서러운 일 등이 있으면 눈물부터 쏟아 버립니다. 이게 울 일인가 싶어 의아해서 물어보면 "그냥 눈물이 나는 걸 어떡해." 하며 또 울어버리니, 뭐가 문제인지 너무 답답합니다.
그래서 유튜브나 다른 커뮤니티를 다 뒤져서 아이가 왜 그런지 찾아보았어요. 하지만 해결하는 게 쉽지 않아서 대신 울어주고 싶은 마음입니다.

자기 의사 표현을 하기에 앞서 눈물부터 쏟아 버리는 아이 때문에 푸념하는 엄마의 사연이다. 왜 아이는 울음으로 말하는 걸까?

아이들이 우는 데는 여러 가지 이유가 있다.

- 아이가 하는 일에서 좌절을 경험했기 때문이다.
- 자기 생각의 틀에서 벗어났을 때, 강박적인 특징으로 불안과 예민함이 커질 수 있다.
- 부모가 눈물이 많거나 예민한 경우다.
- 징징대며 울면 부모가 자기에게 관심을 두겠지 하는 마음이다.
- 불편한 감정을 울음으로 표현하려는 잘못된 행동이다.

아이가 사소한 일에도 징징대며 울 때는 기질적인 소심함의 문제인지, 환경적인 소심함인지 살펴보아야 한다.

기질적인 문제인지 확인하기

아이를 이해하는 부모라도 시간이 문제를 해결해줄 거로 생각하는 오류를 범해서는 안 된다.

주 양육자인 부모가 반드시 확인해야 하는 것이 있다. 바로 '촉발제'이다. 아이가 어떤 상황에서 울음을 터트리는지 전후 상황을 파악해야 한다. 여러 가지 정황을 살펴보면서 아이의 기본적인 욕구에서 나오는 것인지, "안 돼!", "그러면 혼나!" "그러지 말랬지!"와 같은 특정 말을 들었을 때 울음을 보이는지, 아니면 친구가 장난감을 빼앗거나 했을 때 징징대며 우는지를 판단해야 한다.

아이가 울 때 "네가 그렇게 울면 뭘 원하는지 엄마가 알 수 없잖아."

하면서 바로 상황을 제어하려고 하면 눈치 보는 아이가 될 가능성이 크다. 아이가 진정된 후에 '왜 그랬어?' 질문하고 귀 기울여 들어보려는 노력이 필요하다.

아이가 당면한 촉발 상황뿐만 아니라 부모의 촉발 상황도 파악해야 한다. 단순히 아이의 울음소리에 예민한 것인지, 아니면 그 상황을 제어하지 못하는 부분에 예민한 것인지, 몸 상태가 안 좋기 때문인지를 구별해야 한다. 부모가 먼저 안정이 되어야 주변 정황이 보이고 아이의 상태를 파악할 수 있다.

타인의 관심을 받기 위한 환경적 요소인지 파악하기

아이가 자주 징징대며 울 때는 기질적인 문제보다는 양육방식에 따른 환경적 요소가 더 크게 작용한다. 부모가 반드시 짚고 넘어갈 것이 있다. 아이가 심하게 울 때마다 기준이나 규칙 없이 다 수용해 주었는지, 허용이나 제한하는 기준이 바뀌지 않았는지 확인해야 한다.

물론 아이를 기준이나 규칙대로 키우는 게 쉬운 일은 아니다. 하지만 적어도 아이가 '심하게 울면 부모의 관심을 받을 수 있구나!'라고 인지하게 놔둬서는 안 된다. 아이에게 기준이나 규칙을 반복적으로 설명해 주고, 일관성 있게 양육하는 것이 필요하다.

무엇보다 아이에게 '항상 사랑받고 있구나.'와 같은 느낌을 전달해주는 환경을 마련해 주자. 그러면 아이는 심리적 안정감이 높아지고 좋은 환경이라는 것을 스스로 알게 된다.

❶ 아이가 사소한 일에도 징징대며 울 때는 기질적인 소심함의 문제인지, 환경적인 소심함인지 살펴보아야 한다.

❷ 아이에게 기준이나 규칙을 반복적으로 설명해 주고, 일관성 있게 양육하는 것이 필요하다.

21

일관성 있는 부모의 양육 태도

되는 것과 안 되는 것 확실하게 구분하기

부모는 아이의 '마음'을 헤아리는 연습이 필요하다. 그러기 위해서는 똑같은 상황에서 되는 것과 안 되는 것을 파악해야 한다.

징징거리는 아이를 둔 부모들은 아이가 고집을 피우고 무언가 요구하면 일단은 "안 돼!"라고 말하기 쉽다. "안 돼!"라는 말을 하기 전에 '안 되는 이유가 도대체 뭐지?'를 먼저 생각해야 한다. 이때 안 되는 이유가 머릿속에 떠오르지 않을 수도 있다. 그러면 안 되는 게 아니라는 것이다.

부부간에 의견의 차이가 있을 때도 양육 기준에 문제가 있을 수 있다. 주변에 현명한 사람이 있다면 조언을 구하는 것도 한 가지 방법이다. 조언을 구하다 보면 내 기준점을 찾을 수도 있다. 중요한 것은 되고 안 되고가 아니다. 부모와 아이는 서로 시행착오의 경험을 통해 배워나가야 한다.

부드럽고 친절한 언어 사용하기

부모는 말 한마디를 하더라도 말투에 신경을 써야 한다. 아이가 "엄마, 배고프단 말이야!" 할 때 짜증을 내며 "조금만 기다려!"라고 말해서는 안 된다. "아~ 배고파!" 하고 같은 말을 반복해보자. 그러면 아이는 "너무 배고프단 말이야." 하며 반응할 것이다. 이때 "우리 ○○ 밥 줘야겠네."라고 말하면 아이는 엄마가 부드러운 언어로 친절하게 말한다는 것을 느낀다.

아이는 매일 징징거리지 않는다. 아이가 기분이 좋아서 하는 말을 들을 때는 "해가 서쪽에서 떴나? 왜 저래!"가 아니라, "어~ 우리 ○○ 기분이 아주 좋구나!" 하며 아이의 들뜬 기분에 맞춰 주는 말을 해보자. 아이는 징징대지 않아도 엄마와 소통이 잘 되는 것을 경험할 수 있다.

'강한 부정'의 반대인 '강한 긍정'의 표현이 필요하다. 아이가 요구하면 부정이 아니라 긍정의 관점에서 듣고 부드럽고 친절한 언어를 사용하자. 아이는 '내가 사랑받고 있구나!'의 경험을 통해 더는 징징대지 않는다.

아기는 태어나는 순간에 자기가 소중한 생명이란 것을 울음으로 알린다. 배가 고플 때 젖을 달라고 울음으로 신호를 보낸다. 이처럼 울음은 아이가 자기 상황을 알리는 신호체계이다. 울음은 아이가 자기감정이나 현실의 절실함을 알리기 위한 극적인 방법의 하나이다. 감수성이 예민하고 감정변화가 빠른 아이일수록 울컥하고 울음을 터트리는 빈도수가 많다. 아이가 왜 징징대고 우는지 그 원인을 곰곰이 생각해야 한다.

만약 아이가 말로 충분히 표현할 수 있는 것도 울음으로 해결하려고 한다면 무관심으로 대응하는 것이 한 방법일 수도 있다. 아이의 징징거림이 듣기 싫다고 화를 내거나 꾸짖으면 소심한 아이는 더 예민해져서 큰 소리로 우는 방법을 선택할 것이다.

아이의 문제가 무엇인지 판단하고 스스로 해결할 수 있게 수단을 취해야 한다. 울음으로 자기표현을 하는 것이 아니라, 말로써 자기감정을 표현해야 감정을 조절하는 능력을 기를 수 있다. 또한, 대인관계에서 사람들과 소통하는 능력도 키울 수 있다.

❶ 중요한 것은 되고 안 되고가 아니다. 부모와 아이는 서로 시행착오의 경험을 통해 배워나가야 한다.

❷ 부모는 말 한마디를 하더라도 말투에 신경을 써야 한다.

22

순간적으로 욱하고 치밀어 오르는 감정

"우리 민서는 자꾸만 제 생각과는 다르게 행동할 때가 많아요. 순간적으로 욱하고 치밀어 오르는 감정을 겨우 억눌러요."

부모가 욱할 때의 감정은 어떤 것일까? 감정은 '과정'이 가장 중요하다. 처리 과정이 있어야만 한다. '욱'하는 부모일수록 대부분 한순간에 쌓인 감정을 폭발해버린다.

자녀를 양육하는 것이 매일 즐거운 부모가 있을까. 때로는 지치기도 하고 아이를 감정적으로 대하기도 한다. 어른도 감정을 조절하는 것이 마냥 쉬운 일은 아니다. 어른도 감당하기 힘든 일인데, 아직 발달단계에 있는 어린아이들은 더더욱 그렇다.

여기서 잠깐만

아이들은 감정을 어떻게 표현해야 하는지 잘 모른다. 그래서 때리거나 울거나, 꼬집고 발로 차버리는 등의 이상 행동을 보인다. 감정은 정서의 의미가 포함되어 있다. 어떤 상황에서 느끼는 기분, 감각이 감정이다. 감정은 주관적일 수도 있고 상대적일 수도 있다. 정상적인 감정에는 화와 분노도 포함된다.

아이가 이상 행동을 보일 때 원인을 찾지 않고 화를 내거나 짜증 섞인 말을 하는 것은 바람직하지 않다. 아이가 스스로 감정 조절을 하는 능력은 부모를 보며 발달시켜 나간다. 부모는 감정 조절의 본을 보이고, 아이의 이상 행동에 대한 해결책을 제시해주어야 한다. 그렇지 않으면 아이는 또다시 자기감정을 화로 표현하기 쉽다.

아이에게 욱하는 부모들

다른 아이와 비교하며 "○○는 잘하는데 왜 너만 못 해!"라고 밑도 끝도 없이 아이에게 버럭 화를 낸 적이 있는가? 이유 없이 욱하는 감정은 존재할 수 없다. 부모가 느끼는 감정은 좋은 말로는 모성본능이라고 하고, 책임감, 의무감 또는 죄책감 등에서 비롯된다. 이런 감정 표현은 부모의 잘못도 아니고, 아이의 잘못도 아니다. 감정을 다스리는 방법을 잘 모르기 때문에 생기는 오류이다. 아이에게 화를 냈다면 어느 맥락에서 화가 났는지 알아차려야 한다.

부모가 자주 화를 내면 유아는 어느새 말대답이라는 것을 하게 된다. 아이들이 말대꾸할 때는 말꼬리를 잡지 말자. 그 말꼬리가 2차 감정 표출로 이어질 수도 있다.

여기서 잠깐만

뇌에 관한 재미있는 연구결과가 있다. 인간의 뇌는 3계층으로 이루어져 있다고 한다. 어떻게 하면 순간적으로 화를 내지 않을지, 후회 없이 화를 잘 낼 수 있는지에 대한 방법을 배워가는 노력이 필요하다.

부모는 왜 아이에게 화를 내는지 자신의 감정에 대해 이해해야 한다. 어른들도 감정 조절에 장애를 겪는 사람들이 많고 이성적으로 대응할 수 있는 능력이 부족한 것이 사실이다. 감정 기복이 심한 부모일수록 감정을 강하게 폭발시킨다. 예민한 아이의 경우에는 이런 부모 밑에서 자라면서 신경질적인 성격이 되고, 불안감을 보이기도 한다. 그러나 부모가 건강한 감정 조절을 훈련하고 아이를 대한다면 자연스럽게 문제가 해결될 수도 있다.

아이에게 짜증내고 화내는 부모는 몇 가지 감정 조절 훈련이 필요하다.

✿ 시시각각 흔들리는 감정을 내버려 두지 않는다.

✿ 감정을 다스릴 수 있다는 확신을 한다.

✿ 자신에게 맞는 기분전환 방법을 찾아낸다.

부모들이 꼭 알아야 할 것은, 화가 나는 것이 꼭 나쁜 것은 아니라는 것이다. 화를 내는 것은 자기감정을 표현하는 하나의 방법이다. 부모는 자녀보다 감정을 조절하는 능력이 더 크다. 아이에게 감정을 조절하는 성숙한 모델이 되어주어야 한다.

아이한테 화내고 나서 미안함을 갖는 부모는 화를 낸 것보다 잘못된 화를 낸 것이 더 큰 문제일 수 있다. 아이의 문제로 인해 부모 자신의 마음 속에서 벌어지는 일들을 알고, 자신의 감정을 파악하고 다스리는 일은 성숙한 부모가 되기 위한 첫걸음이다.

✎ 나의 마음은 안녕한지 감정을 되돌아보기

✎ 내가 '욱'하는 것이 '화'인지, '걱정'인지, '열등감', '좌절감'인지 구분하기

✎ 성장하면서 내가 받아온 양육이 어떤 영향을 주었는지 돌아보기

✎ 아이 관점에서 공감하는 마음 갖기

✎ 감정에 지배당하지 않고 자유자재로 감정을 다스리기

감수성은 자기 내면 안에서 일어나는 것인데, 그것을 밖으로 표현하게 된다. 부모가 감수성을 잘 표현하지 못하면 아이에게 혼란을 줄 수밖

에 없다. 부모는 자기감정을 표현할 때 그것을 받아주는 아이 입장에서 생각해볼 필요가 있다. 이것을 구체화하기 위해 감정의 변화를 글로 써 보거나 그림으로 표현하는 것도 좋은 방법이다.

❶ 아이가 스스로 감정 조절을 하는 능력은 부모를 보며 발달시켜 나간다.

❷ 자신의 감정을 파악하고 다스리는 일은 성숙한 부모가 되기 위한 첫걸음이다.

23

엄격한 훈육이 아이를 소심하게 만든다

"지금은 듣기 싫겠지만, 나중에 다 잘되라고 하는 소리야."

어릴 적 부모님에게 자주 들었던 말이다. 훈육하면 '무섭고, 단호하고, 아주 따끔한' 같은 단어들이 머릿속에서 겹쳐진다.

은서는 거실에서 TV를 보고 있다. 만화 영화에 집중하느라 엄마가 "밥 먹게 손 씻고 와!" 하는 소리를 듣지 못했다. 엄마는 은서가 일부러 못 들은 척을 한다고 생각해서 리모컨으로 TV를 껐다.

"엄마가 손 씻고 오라고 했지! 왜 엄마 말 안 들어!"

엄마가 이렇게 윽박지르자 은서는 당황하여 고개를 푹 숙인다.

아이들은 어른과 달리 여러 가지 일을 한꺼번에 수용하는 능력이 떨어진다. 똑같은 말을 하더라도 엄마가 은서에게 부드럽게 말했다면 어땠을까?

"은서야, 어서 가서 손 씻고 오면 좋겠다."

이렇게 엄마가 말한다면 아이는 움츠러들지 않을 것이다.

부모는 훈육의 개념부터 바꿔야 한다. '엄격한 훈육'이 아닌 '따뜻한 훈육'을 해야 한다. 아이의 잘못을 바로잡겠다고 꾸중을 하고 체벌을 하면 아이는 수치심을 느낀다. 아이의 행동을 바로잡겠다고 너무 강압적으로 대하면 성격에 부정적 영향을 미칠 수 있다.

부모의 양육 기준이 엄격할 때 아이에게 그 수준을 요구하기 마련인데, 어린아이가 그 기준에 맞게 행동할 수는 없다. 그러다 보면 부모와 아이는 사사건건 부딪치고 그렇게 성장한 아이는 부모와 갈등을 빚고 관계가 좋을 수 없다.

여기서 잠깐만

2세~10세까지의 아이들은 6~9분마다 부모에게 행동을 고치라는 훈육을 받는다는 연구 결과가 있다. 이것을 수치화하면, "하루에 50차례, 1년이면 1만 5,000번 행동을 바로잡는 훈육을 받는 것이다.

말을 잘 듣는 아이들은 부모의 기분을 충족하는 데 지나치게 집착한다. 자신의 감정과 욕구를 억제해서라도 부모님을 만족시키려고 한다. 그러나 순수하게 착한 아이가 있을까? 아이들의 마음속엔 이중적인 감정이 숨어 있다. 그러다 보니 부모를 만족시키려고 지나치게 긍정적인 모습을 보이는 아이는 억압된 부정적인 감정이 있게 마련이다. 이 감정은 예기치 못한 일에서 불거져 나온다.

소심한 아이를 훈육할 때는 잘못된 행동을 바로잡아 주기 위한 것인지, 아이가 '비난을 받고 있구나.'를 느끼게 하는 것인지 잘 살펴보아야 한다.

아이 마음 알아주기

소심한 아이는 부모로부터 혼이 나는 순간 더 작아져서 어딘가로 숨어버리고 싶은 마음이 든다. 아이를 혼낸 뒤에는 30분~1시간 안에 아이와 꼭 나눠야 할 4가지 대화를 한다.

- ✎ 야단치는 이유 설명해 주기.
- ✎ 억울하게 생각하는 것은 없는지 물어보기.
- ✎ 다음에 또 이런 상황에서는 어떻게 하면 좋을까? (마음계획 세우기)
- ✎ 안아주고 사랑한다고 말해주기(아이를 가슴에 안고 있으면 아이의 뜨거워진 체온과 빨라진 심장 박동을 느낄 수 있다.)

아이의 선택 존중하기

소심한 아이가 용기를 내어 엄마와 놀이터에 가자고 한다. 엄마가 "잠깐만… 이것 좀 하고."라고 말한다면 아이는 기가 꺾인다. 엄마가 지금 하는 일보다 자기가 중요한 존재가 아니라는 생각을 심어주기 때문이다. 상황이 여의치 않아 바로 들어주기 힘들다면, 아이에게 이유를 설명해 주자. 언제 함께하자고 시간을 약속하고 지키는 것이 좋다. 부모는 아이가 원할 때 시간을 내주어야 한다.

동네 슈퍼나 편의점에 가서는 물건을 직접 구매하게 한다. 직접 물건을 고르고, 계산할 기회도 준다. 외출할 때는 아이에게 "어디로 갔었지?" 하며 길을 물어본다. 아이가 우물쭈물하더라도 절대 끼어들지 말고 기다려주어야 한다.

밥을 먹을 때는 혼자 먹게 하자. "젓가락질 잘해야만 밥 잘 먹나요!"라는 노래 가사를 기억하자. 아이는 입에 들어갈 밥이 남아있을까 싶을 정도로 흘리고 옷에 묻힌다. 답답하고 귀찮아도 스스로 먹게 한다. 스스로 먹으려고 하는 기회를 뺏지 말고 자기 신체를 활용하여 맛을 볼 수 있게 배려한다.

실패한 선택도 유익한 기회로 만들어주기

아이가 조금 어려워하는 일을 엄마가 대신해 주면 그 일을 쉽게 해낼 수 있다. 하지만 '너는 잘 못 하니까 엄마의 도움이 필요해.'라는 생각을 심어줄 수 있다. 안전과 관계된 것이 아니라면, 아이가 직접 시도해보고, 실수하고, 실패할 기회를 주어야 한다. 그래야 자신의 능력과 재능을 스스로 느낄 수 있다.

성취감 있는 놀이를 하는 것도 하나의 방법이다. 끙끙거리며 미끄럼틀에 올라가서 신나게 내려오는 희열감, 도형이나 퍼즐 맞추기 등을 완성했을 때의 성취감을 느끼게 하자.

아이가 주도할 수 있는 게임을 함께하는 것도 좋은 방법이다. 팀을 짜거나 편을 나눠서 하는 놀이에서 아이가 자기 주도하에 게임이 이루어지면 자신감이 생기고 적극적으로 참여한다.

여기서 잠깐만

부모들이 명심해야 할 것이 있다. 놀이할 때 부모가 주도적으로 이끌면 아이의 뇌에서는 도파민이 감소하고 스트레스 화학물질인 코르티솔이 활성화한다. 부모가 이끄는 놀이는 결국 아이에게는 '그렇게 하면 안 된다'는 식의 강요가 되기 쉽다. 그러면 아이는 자기 생각은 가치가 없고, 나는 아무것도 할 수 없다는 식의 자괴감이 들 수도 있다. 고분고분한 아이는 답답하게 느끼면서도 어쩔 수 없이 놀이를 계속하겠지만 말이다.

아이에게 가장 중요한 것은 부모의 관심이다. 소극적인 아이는 관심을 기울이고 참여할 기회를 주면 적극적이고 당당한 아이가 될 수 있다. 일상생활에서 아이에게 참여할 기회, 직접 해보는 기회를 주면 적극성을 기를 수 있다. 이때 실수나 잘못을 구분해야 한다. 잘못하면 주의하라고 경고할 수는 있지만, 실수했다고 혼내서는 안 된다. 자존감이 쌓여서 자신감으로 발전해야 소극적인 아이도 점차 적극적인 아이로 변한다.

❶ 소심한 아이를 훈육할 때는 잘못된 행동을 바로잡아 주기 위한 것인지, 아이가 '비난을 받고 있구나.'를 느끼게 하는 것인지 잘 살펴보아야 한다.

❷ 소극적인 아이는 관심을 기울이고 참여할 기회를 주면 적극적이고 당당한 아이가 될 수 있다.

24

존중받고 있다는 마음 심어주기

"육아의 정답은 '책 속'에 없습니다. 사랑하는 내 아이에게 있을 뿐입니다."

직장에 다니는 엄마가 아이를 양육할 때 무척 고민하는 문제 중 하나이다. 지방직 공무원으로 일하는 후배도 이 문제로 고민했다.

아이가 만 3세가 되던 해에 후배는 아이를 어린이집에 맡겼다. 아이는 또래 친구들과 어울리지 못하고 한쪽 구석에 앉아 있었다. 어느 날부터 아이가 눈을 자꾸 깜박이는 행동을 보였다.

'소심해서 그런가? 처음이니까 그럴 수 있어. 적응이 되면 괜찮겠지.'

그런데 아이의 틱 증상은 더 심해졌다. 안 되겠다 싶어서 병원을 찾아갔다. 의사는 엄마와 갑자기 떨어진 이후로 생긴 불안이 원인이라고 했다. 후배는 휴직계를 내고 아이와 함께하는 시간을 갖기로 했다.

휴직한 첫날. 그동안 아이와 놀아주지 못한 보상을 해주고 싶어서 집 앞 놀이터에 갔다. 아이는 지나가는 또래 아이들에게 "우리 엄마 집에 있다."라며 자랑을 했다. 작은 입술을 통해 나온 그 말을 듣고, 순간 후배는 울컥했다.

'엄마가 직장에 나가지 않고 함께 놀이터에 있는 것만으로도 아이 어깨에 힘이 들어가다니!'

아이 말을 듣고 후배는 복직을 망설이게 되었다. 그러면서 나에게 "언니, 나 이럴 때 복직을 하는 게 맞아?"라며 푸념 섞인 하소연을 했다.

여기서 잠깐만

유아의 틱 행동은 주로 아이가 불안한 상황, 스트레스를 받는 상황에서 하게 된다. 특히 소심한 아이일수록 이런 증상이 나올 수 있다. '틱'은 정서가 편해질 수 있는 환경이 무엇보다 중요하다.

후배는 아이가 애착을 형성할 수 있는 시간을 함께 보냈다. 아이는 많이 호전되었다. 어느덧 시간이 흘러 복직을 앞둔 후배는 심란한 마음을 털어놓았다. 아침에 어린이집에 가기 싫다고 우는 아이를 보면 '일을 그만둬야 하는 게 아닌가'라는 복잡한 심경이 든다고 했다.

후배의 그런 마음을 누구보다 잘 아는 나는 이런 이야기를 해주었다.

"엄마가 된 것은 축복이야. 아이는 금방 자라서 그 시간이 아쉬움으로 남는 것 같아. 아이에게 건강한 애착을 주는 건 엄마와 함께하는 시간이 아닐까. 엄마가 많은 걸 해주지 않아도 함께 있는 시간이 즐겁고 행복하다면 아이의 인생에서 그보다 더 좋은 영양제는 없는 것 같아."

내 말을 들은 후배는 고민을 거듭한 끝에 복직하지 않았다. 대부분 아이 위주로 생활했다. 아이가 자면 함께 자고, 배고프다고 하면 함께 먹고, 아이가 아프면 옆에서 밤을 새웠다. 아이는 초등학교에 입학했다. 아이가 학교에 간 사이에 또래 엄마들과 도서관에서 책을 함께 읽었다. 블록이나 보드게임 등을 하나씩 섭렵하기도 했다. 함께 노래방도 다니고 영화관도 다녔다. 그랬더니 아이들이 무슨 책과 영화를 좋아하는지, 친한 친구들 이름도 저절로 알게 되었다.

여기서 잠깐만

'애착 형성'은 생애 초기인 유아기에 아이와 부모 및 주 양육자가 서로에게 가지는 친밀한 정서적 유대감을 뜻한다. 아이는 태어나는 순간부터 양육자와 애착 관계를 형성한다. 아이는 부모 및 주 양육자와의 관계에서 낯선 세상이 안전한 곳이고 자신이 소중한 존재임을 깨닫는다.

영아기에 애착 형성이 잘 된 아이는 충분히 사랑받은 경험을 통해 안정적인 정서발달 단계를 거치고 자존감 있는 사람으로 자란다.

여성의 사회 진출이 증가했다. 워킹맘들은 일과 육아를 병행하기 힘들다. 엄마는 출산 후 빠르면 아기가 백일 무렵부터 회사에 복귀한다. 안타깝지만, 아기와 많은 시간을 떨어져 지낼 수밖에 없다. 그 때문에 많은 엄마는 아이와 애착 형성이 잘 안 될까 봐 걱정하고 죄책감에 시달린다. 하지만 걱정할 필요는 없다. '사랑하는 마음'이라는 표현처럼 퇴근 후 짧은 시간이라도 진심으로 아이에게 반응하고 사랑을 표현해주면 아이는 엄마에게 신뢰감을 잃지 않고 안정감을 느낀다.

아이와 애착 형성을 하는 솔루션

❶ 퇴근 후에는 아이를 제1순위에 둔다.

낮에 떨어져 있었던 만큼 더 많이 안아주고 더 많이 사랑을 표현해주자. 단 30분이라도 진심으로 아이를 안아주고 놀아주고 대화한다면 아이도 엄마의 사랑을 느낄 것이다. 아이와 온종일 같이 있어도 부모가 일관성 없이 아이를 대하고, 때리거나 부정적 감정을 표출하면 오히려 안정적으로 애착 형성이 되지 않는다는 사실을 기억하자.

❷ 가장 좋은 것은 따뜻한 피부 접촉이다.

엄마의 피부와 맞닿을 때 아이는 정서적으로 가장 안정감이 있다. 또 엄마의 냄새를 맡고 기억함으로써 익숙함과 편안함을 느낀다.

❸ 아이와 눈을 마주치고 웃는 얼굴을 자주 보여준다.

엄마가 밝은 표정일 때 아이 또한 기분이 좋아진다. 엄마가 아이를 보고 웃으면 아이도 따라 웃는다. 이때 엄마와 아이 사이에는 긍정적인 감정의 교류가 일어난다. 이와 같은 과정을 통해 아이의 뇌에 엄마에 대한 긍정적인 생각이 자리 잡는다.

부모는 아이의 우주다. 우주가 함부로 나뒹굴면 아이의 별은 온 천지가 흔들릴 수밖에 없다. 어느 작가는 "부모의 말이 아이의 대지에 씨가 되고, 싹이 돋고, 꽃을 피우고, 열매를 맺는다."라고 했다. 아이가 열매를 맺을 수 있게 텃밭이 되고, 나무가 되는 부모는 얼마나 행복한가. 그 부모로 인해 행복해지는 아이의 얼굴은 얼마나 평화로운가.

귀한 생명으로 이 세상에 태어난 아이! 부모로부터 존중받은 아이가 성인이 되어서 타인을 존중할 수 있다면 얼마나 좋은 일인가.

❶ 아이에게 반응하고 사랑을 표현해주면 아이는 엄마에게 신뢰감을 잃지 않고 안정감을 느낀다.

❷ "사랑해." "네가 있어 엄마 아빠는 너무 기뻐." "함께해서 행복해." 등의 표현을 자주 해주는 것도 중요하다.

25

혼자 노는 아이를 위한 사회성과 정서지능 발달

어린이집 자유시간이다. 6세 아이들은 삼삼오오 모둠을 이루어 놀이에 빠져 있다. 그런데 혼자 떨어져 있는 아이가 있다. 호준이다. 호준이 손에는 블록이 쥐어져 있지만, 눈은 친구들의 노는 모습을 향해 있다. 친구들이 재미있게 노는 모습을 바라보면서 호준이는 또래 친구들이 웃으면 따라 웃는다. 하지만, 그 무리에 쉽게 끼어들지는 않는다.

담임선생님은 호준이에게 다가가서 이야기를 건넨다.

"호준아, 친구들과 함께 놀면 어떨까?"

호준이는 배시시 입꼬리만 올라갈 뿐 아무런 대답이 없다. 선생님은 호준이의 손을 잡고 아이들에게 가서 이렇게 얘기한다.

"얘들아, 지금 무슨 놀이하는 건지 선생님이 물어봐도 될까?"

"저희는 잡기 놀이해요."

"잡기 놀이? 우와~ 재미있겠는데. 너희들 잡기 놀이에 호준이도 함께 참여할 수 있게 기회를 주는 건 어떨까?"

"네~ 호준아, 이리 와. 너도 잡기 놀이 같이하자. 우리가 잡을 테니까 넌 도망가."

호준이는 조심스레 "음…" 하며 대답한다. 하지만, 워낙 소심한 성격인 호준이는 친구들과 잡기 놀이를 시작하지만, 주도적이지 않고 친구들이 하라는 대로만 하며 놀이를 한다.

선생님은 이런 호준이가 기질적으로 혼자 노는 것이 편한 아이인지, 아니면 소심해서 혼자 노는 아이인지 관심을 두고 살펴보고 있다. 선생님은 호준이 어머님과 통화를 자주 하면서, 호준이가 집에서는 말도 제법 잘하고 잘 노는 편이라는 말을 들었다.

호준이의 마음을 들여다보자. 친구들의 주변을 서성이며 혼자 노는 아이는 자신감이 부족한 걸까? 아니면, 친구들이 자기를 좋아할지를 걱정해서 다가서기를 망설이는 걸까?

호준이는 혼자 놀이를 한다. 친구들의 그룹 놀이엔 참여하지 않지만, 마음 한구석엔 함께 놀고 싶어 하는 양면적 심리가 있다. 친구들의 놀이에 참여하고 싶은 욕구가 있어서 주변을 맴돌다가 누군가 함께 놀자고 제안하면 받아들인다.

이런 경우에는 아이에게 필요한 말과 행동을 구체적으로 알려주는 것이 중요하다.

"호준아, 영진이한테 함께 놀자고 말해보는 건 어떨까?"

"지금 친구들한테 가서 함께 놀면 되겠다."

이렇게 말해주었는데도 아이가 계속 주저한다면 어떻게 해야 할까?

"호준이가 친구들에게 다가간다면 친구들이 함께 놀자고 할 거야."

이렇게 아이를 안심시키는 말을 덧붙여주는 것이 좋다.

아이가 친구와 잘 어울리지 못한다면, 부모나 선생님이 나서서 친구들에게 함께 놀 것을 제안해야 한다. 왜냐하면, 아이들은 또래 관계에서 사회성과 정서지능이 발달하기 때문이다.

여기서 잠깐만

EQ(Emotional Quotient)는 미국 예일대학교 심리학 교수 피터 샐로베이(Peter Salovey)와 뉴햄프셔대학교 심리학 교수 존 메이어(John D. Mayer)가 이론화한 개념이다. 감성지수 또는 감정적 지능지수라고도 한다. 지능지수(IQ)와는 다르게 마음의 지능지수라고 할 수 있다. 심리학 저술가인 대니얼 골만(D. Goleman)의 《감성 지능(Emotional Intelligence)》에 소개되면서 대중화되었다.

EQ는 ❶ 자신의 신성한 기분을 자각하여 이를 존중하고 진심으로 이해할 수 있는 결단을 내릴 수 있는 능력이다. ❷ 목표 추구에 실패했을 때 좌절하지 않고 스스로 격려할 수 있는 능력이다. ❸ 타인의 감정에 공감할 수 있는 공감 능력이다.

EQ는 자신과 다른 사람의 감정을 이해하는 능력과 삶을 풍요롭게 하는 방향으로 감정을 통제할 줄 아는 능력을 의미한다. EQ가 높은 사람은 갈등 상황에서 그 상황을 분석하고 자신의 처지를 정확하게 인식한다. 감정적 대응을 자제함과 동시에 다른 사람에 대한 공감적인 이해를 나타낸다. 대니얼 골만은 이런 태도를 '정서 면에서의 지성'이라 하고 그것을 육성해야 하는 필요성을 강조했다.

미국의 교육학자들은 친구들과 잘 어울려 놀지 못하는 아이가 학교를 중퇴할 확률이 평균보다 8배나 높다는 사실을 지적하며, 유아기부터 EQ를 키우는 감정교육을 권고하고 있다.

❶ 혼자 노는 아이는 기질적으로 그게 편한 건지, 아니면 소심해서 혼자 노는 건지 관심을 두고 살펴야 한다.

❷ 아이가 친구와 잘 어울리지 못한다면, 부모가 나서서 친구들에게 함께 놀 것을 제안해야 한다.

26

아이를 위한 정서지능 솔루션

특히 소심한 아이에게는 '정서지능'이 큰 영향을 끼친다. 정서지능은 30%가 유전이고, 70%는 후천적 발달이다. 정서지능을 높이기 위해서는 아이가 자신의 속마음을 솔직하게 드러낼 수 있는 사람이 필요하다. 아이들은 자기 정서를 다 드러내지 않는다. 쉽게 말해서, 정서지능은 자기의 본모습을 드러낼 수 있는 사람에게서만 교육받을 수 있다. 나와 타인의 기분과 정서를 이해하고(정서 인식), 정서와 관련된 지식이 많으며(정서 지식), 분노나 슬픔의 조절이 가능한(정서 조절) 사람이어야 한다. 아이에게 그런 사람은 바로 부모다.

아이에게 정서지능을 가르치려면, 먼저 아이의 좋은 정서는 물론 나쁜 정서도 너무나 자연스러운 정서라는 걸 인정해야 한다. 또한 부모도 자기 정서를 빨리 다스릴 줄 알아야 한다. 그래야 아이가 부모한테 모든 감정을 솔직하게 표현할 수 있다.

소심한 아이의 정서지능 솔루션

❶ 아이가 감정 상태를 스스로 인식할 수 있게 짧게 표현한다.

아이에게 모든 감정을 다 이야기할 필요는 없다. 때때로 혼자 생각하고 처리해버리는 감정들을 아이 앞에서 노출하면 된다. 아이가 간접 경험을 통해 상황을 인식하고 부모의 감정을 알 수 있게 해주면 된다.

부모가 아이에게 "속상하구나?" "신나겠다." 등의 말로 아이의 감정을 세심하게 헤아려주면 아이는 자기 감정을 알아차린다.

❷ 아이와의 관계에서 느끼는 감정을 적절하게 표현한다.

하루에 한 번이라도 아이와 마주 앉아 그날 있었던 일과 기분 등을 이야기하면 감정 표현능력이 높아진다. 아이와의 관계에서 부모가 느끼는 감정을 적절하게 표현하면 아이는 자신의 행동이 타인에게 어떤 영향을 미치는지 알게 된다. 이때 비난이나 훈계 위주의 표현은 삼가야 한다.

❸ 안심하고 표현할 수 있게 한다.

아이는 자기의 부정적인 감정까지도 부모가 받아준다고 느낄 때 좀 더 편안하게 자기를 표현한다. 아이의 모든 감정을 다 받아주라는 것은 아니다. 그냥 화나고 속상한 마음을 알아주라는 것이다. 이렇게 마음을 알아주고 이해해주면 아이의 감정은 가라앉게 된다. 아이는 부모가 자기 마음을 알아주었을 때 느꼈던 따뜻함을 소중하게 여긴다. 그리고 다른 사람과도 이런 따뜻함을 나누게 된다.

부모는 늘 아이가 스스로 격려할 수 있도록 가르쳐야 한다. 실패하고 낙담하는 순간에도 긍정적인 말을 반복해주면 감정의 기복 없이 꾸준하게 노력하는 아이로 자라난다.

소심한 아이일수록 자기 스스로 감정을 이해하고 느낄 수 있는 기회를 주어야 한다. 그래야 자신의 의사결정을 인생의 지침 가이드로 사용할 수 있다. 자신만의 내비게이션을 가지고 있다는 것을 알게 될 때 아이는 자신이 어떤 방향으로 가고 싶은지를 판단할 수 있다.

미래는 '머리의 힘'을 가진 사람이 아닌 '마음의 힘' 즉 '정서지능'을 가진 사람을 필요로 한다. 스스로의 행복은 물론 타인의 행복도 중요하게 생각하는 이타적인 사람으로 키워야 한다. 미래의 리더는 정서지능이 높은 소통의 리더로 자리매김할 것이다. 이성적이고 합리적인 사고뿐만 아니라 자신을 인식하고 동기부여 할 수 있는 능력도 필요하다. 개인의 역량을 끌어올리는 리더로서 타인을 이해하고 공감하여 협력을 끌어내는 사회적 능력을 길러야 한다. 끊임없이 생각하는 것으로부터 시작해 세상에 널려있는 지식을 그냥 받아들이는 것이 아니라 지식과 지식을 연결하고 여러 사람의 능력과 생각을 모아 융합하는 창의적인 리더로 키우자.

❶ 소심한 아이일수록 자기 스스로 감정을 이해하고 느낄 수 있는 기회를 주어야 한다.

❷ 미래는 '머리의 힘'을 가진 사람이 아닌 '마음의 힘' 즉 '정서지능'을 가진 사람을 필요로 한다.

27

자기효능감을 느끼는 경험 만들기

한별이는 수학 영재였다. 현재는 공부에 손을 놓은 상태다. 자신이 뭔가를 해낼 수 없는 사람이라고 생각하고 있다. 한별이는 어떤 이유로 공부에 흥미를 잃었을까?

한별이는 평소 내향적이고 자기표현이 적은 아이였다. 부모는 겉으로 표현하지 않는 아이의 모습에 적응이 안 되어 늘 걱정이 앞섰다. 한별이는 말 대신 카톡으로 부모님께 이런 메시지를 보냈다.

'이젠 못할 것 같아요. 제가 할 수 있을까요? 너무 힘들어요.'

공부를 못 하겠다는 말조차도 용기가 없어 카톡으로 보내는 한별이의 심경은 편치 않았을 것이다. 그렇다면 그동안 한별이가 수학에 영재성을 보일 만큼 흥미를 보였던 것은 무슨 까닭일까?

한별이는 부모의 학업적 강요에 못 이겨서 수학에 흥미를 갖게 되었는지도 모른다. 본인의 의지가 아닌 부모님에 의해 학습에 길들어진 것이다. 한별이 부모는 아이를 위해서가 아닌 오로지 부모의 고집스러운 생각을 강요했고, 한별이는 무의식중에 학습된 거라고 볼 수 있다.

부모는 한별이를 정확하게 진단하기 위해 심리검사를 진행했다. 웩슬러 지능검사(정서지능검사) 결과 한별이는 언어 이해와 자기 추론 능력은 높지만, 처리속도 능력이 다른 친구들과 비교해 상대적으로 낮았다. 한별이는 수학 공부를 할 때 과제를 마치고 목표에 도달할 수 있는 자신의 능력에 대한 평가가 낮은 아이였다. 한마디로 **자기효능감**이 떨어지는 아이였다.

여기서 잠깐만

자기효능감이란 어떤 어려운 과제에 직면했을 때 자신이 그것을 성공적으로 해낼 수 있다는 긍정적인 믿음이다. 특정한 상황에서 자신이 적절한 행동을 함으로써 문제를 해결할 수 있다고 믿는 신념 또는 기대감이다.

자기효능감의 능력을 이해하기 쉽게 수치로 표현해 보면, 능력이 90%인 한별이는 어떤 일을 잘할 수 있다고 믿는 자기효능감이 50%였다. 반면에 능력이 70%인 성식이는 자기효능감이 80%로 어떤 일을 할 때 80%는 성공하고 잘할 수 있다고 믿고 있다. 두 사람의 자기효능감을 볼 때 결과는 흥미로울 수 있다. 능력이 90%인 한별이는 50%만 발휘하여 45%의 결과를 보이지만, 한별이보다 능력이 낮은 성식이는 70%의 능력을 80% 발휘하여 56%의 결과를 얻는다.

아이들의 행동결과에서 능력보다는 자기효능감이 더 큰 영향을 미친다. 그런데도 많은 부모는 아이의 능력만 높이기 위해 애쓰고 있다. 너무 조급한 마음으로 아이를 힘들게 하지 말아야 한다. 커다란 신뢰를 바탕으로 아이가 원하는 것을 할 수 있도록 따뜻하게 배려해 주는 것이 필요하다.

부모가 아이에게 줄 수 있는 것 중 하나는 '커다란 신뢰'다. 아이가 마음먹은 대로 잘 해내는 힘! 아이 존재 자체를 믿어주어야 한다. 부모에게 따뜻한 후원과 커다란 신뢰를 받은 아이는 부모가 원하는 것 이상의 행복한 삶을 살아갈 수 있다.

부모는 어떤 과제나 목표를 아이가 성공적으로 수행하는 능력이 있다고 믿도록 도와주어야 한다. 부모의 개입보다는 아이가 스스로 결정할 수 있는 시간이 필요하다. 이것이 '공부를 하고자 하는 동기'이다. 동기는 2가지가 있는데, 하나는 1차적 동기로 '물질적인 상과 처벌'이고, 2차적 동기는 '관계'이다. 부모의 관심, 격려, 응원, 칭찬 등이 마음의 동요를 일으키고, 인정욕구로 2차적 동기를 충족한다.

❶ 부모는 어떤 과제나 목표를 아이가 성공적으로 수행하는 능력이 있다고 믿도록 도와주어야 한다.

❷ 부모의 관심, 격려, 응원, 칭찬 등이 동기부여가 된다.

28

자기효능감을 높이는 솔루션

자기효능감을 올리는 방법이 있다. 이 방법을 실천하면 자기 자신이 무엇인가를 이뤄낼 수 있다는 신념을 가질 수 있다.

작은 성공이라도 좋으니 경험하게 돕는다

유명한 운동선수들은 인터뷰에서 "마인드 컨트롤을 한다."라는 말을 많이 한다. 성공했을 때를 떠올리며 확신을 갖고 도전하는 것이다. 이렇게 멋진 성공의 경험이 모이다 보면 앞으로 어떤 과제가 주어져도 성공의 경험을 바탕으로 잘 해낼 것이라는 믿음을 가질 수 있다.

처음부터 너무 어려운 도전보다는 작은 성공의 경험을 많이 하는 것이 중요하다. 아침에 뭉그적거리지 않고 벌떡 일어나기, 앉은 자리에서 책을 1시간 동안 집중해서 읽기 등 작은 성공의 경험을 쌓아가다 보면 자기도 모르게 스스로 믿음이 생기게 된다. 그리고 그런 경험을 하나씩 쌓아가도록 한다.

멘토나 롤모델을 정한다

유능한 학자, 기업가, 인기 많은 연예인 등 내가 닮고 싶은 사람을 선정해보는 것도 중요하다. 그 사람이 어떻게 살아왔는지, 왜 존경을 받는지에 대해서 생각해보자. 세종대왕, 이순신 장군도 좋고, 빌 게이츠나 워런 버핏, 스티브 잡스여도 좋으니 구체적인 롤모델을 찾는 것이 중요하다.

나도 그들처럼 될 수 있다는 믿음을 갖는 것, 그리고 그들의 성공과 인내가 내 것인 양 생각해야 한다. 그들에게 부족했던 점이 있다면, 그것을 초월해서 더 나은 나를 만드는 데 주력하면 된다.

감정과 신체 반응을 스스로 조절한다

사람은 감정을 조절하는 능력이 제각각이다. 심한 말을 들어도 차분하게 대응하는 사람이 있고, 반면에 과하게 성질을 내는 사람도 있다. 감정을 조절하지 못하고 짜증과 분노를 표현하면 자신의 능력에 대해 괜한 의심을 하게 되고 자기효능감도 떨어뜨리게 된다.

반대로, 어떤 상황에서도 자신의 감정과 신체 반응을 조절하게 되면 자기효능감은 올라간다. 그런 자신을 대견하다고 생각하자. 자신의 감정을 다스릴 수 있는 사람은 그 자체로 충분히 훌륭한 사람이다. 어떤 문제가 닥치더라도 평정심을 잃지 않고, 긴장감을 푸는 방법도 찾아보자.

정서지능이 씨앗이라면, 자기효능감은 열매와 같다. 자기효능감은 내가 얼마나 긍정적인지를 보여주는 한 가지 지표라고 할 수 있다. 다시 말해, 자기효능감이 높아야 행복하게 살 수 있다. 나 자신의 능력을 믿어야 자신을 좋아할 수 있고, 내가 나를 좋아해야 자아존중감이 높아진다.

자기효능감이 높을 때 주위 사람들이 나를 좋아하고 존중해 준다. 이런 경험들을 통해 좋은 인간관계를 맺을 수 있다. 인간이 가지고 있는 심리적 특성과 능력들은 이렇듯 모두 연결되어 있다.

'효능'이라는 말은 우리가 아프거나 병에 걸렸을 때 사용하는 단어이다. 그래서 '효능감'은 능력이 효과가 있다는 의미로 이해해야 한다. 자신의 능력이 어떤 일을 할 때 효과를 발휘해서 성공할 수 있다고 느끼는 믿음이다. 어떤 문제에 직면했을 때 해결하지 못하고 포기해 버리는 아이로 키워서는 안 된다. 서툴지만 반복되는 경험에서 작은 성공이라도 좋으니 성공의 경험을 쌓아 나가게 해야 한다. 그래야 자기효능감이 올라갈 수 있다.

❶ 처음부터 너무 어려운 도전보다는 작은 성공의 경험을 많이 하는 것이 중요하다.

❷ 자기효능감이 높을 때 주위 사람들이 나를 좋아하고 존중해 준다.

5장

최고의 선물은 부모의 끌리는 말투

부모와의 상호작용이 활발한 아이들일수록
공감 능력과 언어 능력이 높다.

- 엘리스 피아자

29

그림 투사로 아이 마음 들여다보기

여덟 살 다윤이는 아파트 단지 안에 있는 미술학원에 다닌다. 다윤이에겐 그림 그리는 시간이 가장 즐겁다.

어느 날, 다윤이 엄마는 아이의 그림을 보면서 이상한 점을 발견했다. 친구들과 나란히 서 있는 모습을 그렸는데, 다윤이는 맨 가장자리에 있고 다른 친구들과 비교해 작고 왜소하게 표현했다. 더 특이한 점은 자기 모습을 형형색색 예쁘게 꾸며 도드라지게 그림을 그렸다는 것이다.

그림을 본 다윤이 엄마는 나에게 이렇게 말했다.

"다윤이가 자기를 예쁘고, 우월하다고 생각하는 것 같아요. 친구들이 이런 다윤이의 모습을 싫어할까 봐 걱정이에요. 친구들에게 소외당하는 건 아니겠죠?"

다윤이 엄마는 자기 모습을 특별하게 드러낸 아이의 그림이 마음에 걸리셨던 모양이다.

다윤이는 왜 자기 모습을 그렇게 표현했을까?

그림은 언어 표현이 서툰 아이들이 자신의 내면을 표현하는 가장 자연스럽고 솔직한 수단이다. 부모에 대한 감정과 자아상, 세상을 바라보는 태도 등이 도화지 위에 고스란히 담긴다. 그림은 아이의 마음을 해석하는 훌륭한 매개체다.

아이들은 미술 활동을 하면서 일상에서 외적으로 발현되지 않은 정서나 욕구를 무의식적으로 표현할 때가 많다. 특정한 규칙 없이 자유롭게 표현한 그림은 아이의 무의식적 내면을 반영한다.

다윤이의 그림에서는 여러 친구가 나란히 서 있다. 부모로부터 제한과 통제를 경험했을 가능성이 크다. 자기를 맨 끝자리에 그려 넣은 점에서 소극적인 아이임을 알 수 있다. 가장자리에 있지만, 자기를 형형색색 예쁘게 표현한 것은 열등감에 대한 방어 또는 반동 현상이 우월감으로 표현된 것일 수도 있다.

다윤이의 그림을 보면, 친구들과 어울리기를 좋아하지만 한 번에 많은 에너지를 받아들이지 못한다. 적은 수의 친구들과 어울리거나 혼자서 조용히 에너지를 충전한다. 실제로 다윤이는 일상에서 비교적 조용한 편이다. 친구 관계도 먼저 다가가서 친해지는 것은 아니다. 만약 다윤이가 친구들과 함께 어울리기를 원한다면, 엄마는 다윤이에게 친구들과 적절하게 접촉하고 반응하는 방법을 알려 주어야 한다.

다윤이는 친구가 먼저 자기에게 다가와 주기를 바란다. 자연스럽게 관계를 형성해 가는 과정에서 사고, 감정, 태도에 취약한 다윤이는 걱정이 많고 부정적인 생각을 하며 또래의 눈치를 보는 경향이 있다. 환경과 경험은 소심한 성격에 영향을 미친다. 다윤이처럼 표현이 소극적이고 내향적 성향인 아이는 자발적으로 친구를 사귀기 힘들어한다. 엄마는 친구와 함께할 수 있는 시간과 장소를 제공하여 아이가 긍정적인 친구 관계를 맺도록 도와주어야 한다.

그림에서 아이가 말로 표현하지 않았던 감정을 읽어보자.

❶ 그림 한 장으로 아이 마음을 단정 짓지 않는다.

그림 속의 특징이 일회성에 그치는지, 반복적으로 나타나는지를 관찰한다. 그림을 토대로 아이와 대화를 유도하고, 통합적인 방법으로 마음을 읽어내려는 노력이 중요하다.

그림이 아이의 마음을 고스란히 투영하는 매개체임은 분명하다. 그러나 아이의 마음은 일시적이고 변덕스럽다. 그림 하나로 아이의 마음을 전부 파악하려 하거나 단정 짓는 일은 매우 위험하다.

❷ 독립적인 공간에서 그리게 한다.

마음을 분석할 그림은 아이의 의지대로 자유롭게 그린 것이어야 한다. 부모가 중간에 개입하거나 정답을 유도한 그림은 아이의 심리를 제대로 반영하기가 어렵다. 가족 나들이나 친구와 있었던 일 등 경험한 일을 그릴 때는 사실관계가 다르더라도 "그때는 비가 내렸잖아."라는 식으로 교정하지 않도록 주의한다. 아이가 그림을 그리는 중간에 질문하면 "네가 원하는 대로 그리면 돼." 정도로 얘기해주고 정확한 대답은 하지 않는 것이 좋다.

아이들은 그림을 그릴 때 주변 환경의 영향을 받는다. 옆에 있는 형제자매나 또래의 그림을 따라 그릴 수도 있으니, 그림은 독립적인 공간에서 그리게 한다.

❸ 그림을 그리는 과정에도 아이의 마음이 담겨 있다.

아이가 그림을 그리면서 어떤 부분을 지우거나 고치는지 잘 살펴야 한다. 예를 들어, 아이가 사람의 눈을 그렸다가 지운다면 눈 혹은 눈이 상징하는 것에서 내적 갈등을 겪고 있을 확률이 높다.

완성한 그림을 분석하는 것만큼이나 그림을 그리는 과정을 살피는 것도 중요하다. 주저 없이 그림을 그리는 것은 자신감과 활력의 표출이다. 반대로 선 하나 긋는 것도 주저하거나 지웠다 다시 그리기를 여러 번 반복한다면 자신감 결여나 불안한 심리를 유추해 볼 수 있다.

연필이나 크레파스에 힘을 주는 정도, 즉 필압에도 아이의 마음이 녹아 있다. 힘을 주어 그림을 그리는 아이는 상대적으로 자기주장이 강하고 충동적인 경향이 있다. 반면 필압이 약하고 선을 흐릿하게 그린다면 억압적인 환경에 놓여 있거나 활력이 부족한 상태가 아닌지 살펴볼 필요가 있다.

그림을 통해 말로 표현하지 않았던 아이의 감정이 배어 나올 수 있다. 그간 몰랐던 아이의 감정과 새로운 면을 발견할 수도 있다. 아이의 눈높이를 이해하지 않은 채 부모가 직접 아이들의 놀이 행동에 개입하기보다는 먼저 아이의 사고, 정서, 행동 특징을 이해해야 한다.

아이들의 성향은 수채화 물감처럼 다양하다. 때로는 부모를 닮아 이쁘고, 때로는 닮지 않았으면 하는 모습까지 닮았다. 아직은 어려서 자기 마음을 들여다보는 것도, 친구와 사귀는 것도 서툰 것이 당연한 일인지도 모른다.

특히 소심하거나 내성적인 아이들은 그림 그리기, 작품 만들기 등 창의적인 표현을 통해 심리적, 정서적 모습을 인식하고 받아들이는 연습이 필요하다. 분노, 기쁨, 갈등, 욕구, 슬픔, 죄책감, 불안 등 자신의 감정을 솔직하게 인식하고 그에 대한 갈등을 완화해 주면, 자신을 더 건강하게 만들고, 자신감 있는 아이로 자랄 것이다.

❶ 아이는 말로 표현하지 않았던 감정을 그림으로 표현한다.
❷ 아이의 눈높이를 이해하지 않은 채 부모가 직접 아이들의 놀이 행동에 개입하기보다는 먼저 아이의 사고, 정서, 행동 특징을 이해해야 한다.

30 무기력한 아이에게 필요한 작은 성공 경험

나실이는 한눈에 보아도 예쁜 아이다. 그런데 요즘 나실이 엄마는 고민이 많다. 자신감이 없고 무기력한 모습을 볼 때마다 속상하다. 친구들과 모둠 활동을 할 때는 종종 다투고, 또래 친구들이 "같이 놀고 싶어도 나실이가 같이 안 해요."라고 말할 때마다 나실이는 엄마에게 조르르 달려와서 "아이들이 나랑 안 놀아줘." 하며 억울해한다.

그뿐만이 아니다. 학습지를 공부할 때는 대부분이 빈칸이고, 글씨도 알아보기 힘들 정도로 갈겨쓰곤 한다. 엄마는 답답한 나머지 "누가 글씨를 이렇게 써!" 하며 화를 내보기도 하지만, 나실이는 이런 엄마를 빤히 쳐다보고만 있을 뿐 아무런 반응이 없다. 아이를 키울 때는 문제 행동에 대처하는 지혜가 필요하다.

나실이처럼 엄마가 화를 내도 아무런 효과가 없는 이유는 무엇일까?

모든 부모는 아이에게 바라는 모습이 있다. 아이가 아프지 않고 잘 자라고, 사람들에게 사랑과 존중을 받고, 공부를 잘해서 좋은 대학에 가기를 바란다. 부모의 바람은 한도 끝도 없다. 그런데 현실은 그 바람을 충족해주지 않는다. 부모들은 이런 말을 달고 산다.

"아이가 할 줄 아는 것이 없어요."

"아이가 하고 싶어 하는 것이 없어요."

"아이가 잘하는 것이 없어요."

나실이 같은 아이들은 과잉열망이 있다. 자신이 원하는 만큼 잘할 수 없다고 생각하기 때문에 경쟁하는 것을 싫어한다. 자신이 다른 친구들만큼 잘할 수 없다는 마음이 있어서다. 부모에게 받는 압박으로 인해 아이는 할 수 없다는 비합리적 신념을 갖게 된다.

실패의 두려움도 한몫한다. '나는 실패할 거야.'라고 믿는다. 그러다 보면 아이는 의기소침하고 소심해진다. 아이도 어떤 일을 잘하고 싶어서 시도를 해보았을 것이다. 하지만, 여러 번 실패한 경험이 있고 그 두려움으로 '포기'를 선택한다.

아이를 지켜보는 부모는 답답하고, 마음에 들지 않는다. 스스로 이런 질문을 해본다.

'우리 아이가 왜 이렇게 되었을까? 소심해서일까? 무기력해서일까?'

아이가 성장하면서 겪는 작은 실패의 경험이 무기력을 초래할 수 있다. 부모는 무기력이란 테두리 안에서 아이를 어떻게 꺼내 줄 수 있을까를 고민해야 한다. 다양한 분야에서 아이가 스스로 재미를 찾을 수 있는 일, 열정을 가질 수 있는 일을 찾도록 도와주어야 한다. 아이에게 긍정적인 피드백은 작은 '성공의 경험'이다. 그 경험을 하나씩 쌓아 나간다면 아이는 열정이 생기고, 능력과 잠재력은 더 크게 발휘될 수 있다.

부모들은 아이에게 잘하는 부모가 되고 싶어 한다. 그러나 그것이 과잉되었을 때 나실이처럼 무기력한 아이가 될 수 있다. 부모의 바람이 아이를 위한 것인지, 부모 자신을 위한 것인지 뒤돌아보아야 한다.

나실이 같은 아이들은 수동적인 행동을 보인다. 힘이 될 만한 성공 경험이 부족하므로 긍정적인 의식을 심어주어야 한다. 한 번에 해내길 바라는 것보다는 작은 것부터 조금씩 천천히 실천할 수 있도록 도와준다. 아이가 조금이라도 시도하려는 모습을 보이면 아낌없이 칭찬해준다. 무기력한 아이에게 하지 말아야 할 것은 비난, 동정, 완벽을 기대하는 것이다.

일상생활에서 아이의 잠재역량을 찾아본다. 아이의 작은 행동 하나도 놓치지 않기 위해 더욱 적극적인 자세로 관찰하다 보면 미처 발견하지 못한 좋은 잠재역량을 찾을 수 있다. 예를 들어, 아이가 엄마를 위해 신발장 정리를 해 주었다면 그 모습에서 성실성과 선한 마음을 느낄 수 있다.

사소한 일이라도 아이가 잠재역량을 발휘할 수 있게 기회를 제공해 보자. 칭찬과 격려, 고마움의 표현도 자주 한다. 긍정 표현을 들은 아이는 마음이 열린다. 밥을 맛있게 먹는 것, 설거지를 도와주는 것, 방 청소를 깨끗이 하는 것. 이런 일상의 소소한 행동에도 칭찬과 고마움을 표현하자. 주의할 것은 타이밍을 놓쳐선 안 된다는 것이다.

하고 싶은 것도 없고, 되고 싶은 것도 없는 무기력한 아이는 자신이 뭔가 하고 싶은 것을 느껴도 그것을 언어로 명확하게 전달하지 않는다. 그래서 아이의 표정이나 몸짓에서 이러한 신호를 잘 감지해야 한다. 아이를 관찰하고, 믿고, 잠재역량을 찾아주고, 지속적인 관심을 보이고, 응원을 해주면 아이는 스스로 작은 목표를 찾게 된다.

무기력한 아이를 위한 한 걸음 한 걸음 솔루션

❶ 아이를 환대하며 관심을 표현한다.

"(눈을 바라보며) 우리 나실이 왔네."

"오우, 하이파이브~ 인사~"

"오늘도 우리 나실이 힘내자!"

❷ 아이와 즐겁게 지낸다.

"나실이가 웃으니까, 엄마도 웃게 되네."

❸ 장점에 초점을 맞추고 공헌의 기회를 준다.

"네 도움이 필요해."

"도와줘서 고마워."

이처럼 함께한다는 신뢰를 보인다. 이것이 일상이 되면 이타적인 아이로 성장할 수 있다.

❹ 할 일은 작은 단계로 나누고 성공의 기회를 준다.

"쉬운 단계부터 해보는 건 어떨까?"

"해보는 것 자체를 응원해."

무기력한 아이의 모든 시도 자체가 성취다.

❺ 어떻게 하는지 구체적인 기술을 가르친다.

"혼자 하는 것보다는 함께하는 게 더 중요해."

"실수해도 괜찮아. 처음부터 잘하는 사람은 없어."

"엄마가 첫 번째 문장을 쓸게. 다음은 나실이가 써보는 건 어떨까?"

무기력한 아이들은 신뢰를 받아본 경험이 없어서 부모의 격려에 익숙하지 않다. '내가 진짜 잘할 수 있을까.'라고 계속 생각하며 부모를 테스트해보려고 한다.

부모의 균형 잡힌 양육 태도가 필요하다. 아이와 친밀한 대화를 나눠야 아이 스스로 좋은 생각과 좋은 행동, 좋은 감정을 갖게 된다. 부모가 충분히 물어봐 주고 격려해주는 태도는 아이의 열정을 깨운다. 부모는 아이에게 '왜?(Why)'를 '어떻게(How)'로 생각하게 도와주어야 한다. "왜 안 될까?", "왜 나만 어렵지?"가 아니라 "어떻게 하면 될까?" "어떻게 하면 쉽게 풀릴까?"라고 마법의 주문을 걸어 주어야 한다.

아이가 새로운 방법으로 시도해보려는 용기 또한 열정에 속하는 것이다. 아이가 스스로 조금씩 체험하는 시간은 소중하다. 매일매일 일상에서 좋은 것을 선택하는 경험과 친근한 대화는 아이에게 충분히 할 수 있다는 믿음을 주는 데 필요하다.

❶ 아이가 성장하면서 겪는 작은 실패의 경험이 무기력을 초래할 수 있다.
❷ 무기력한 아이에게 하지 말아야 할 것은 비난, 동정, 완벽을 기대하는 것이다.

31 자발적 동기를 갖게 공감해준다

부모들은 아이가 의욕이 없다고 호소한다. 학업은 물론 친구 관계에서도 별 흥미를 느끼지 못한다. 꿈이 뭐냐고 질문하면, "몰라요…."라고 대답한다. "어떤 걸 할 때 가장 기분이 좋아?"라고 물으면 "그냥 먹고 노는 거요."라고 대답한다.

인간에게는 필요한 욕구가 있다. 성장하면서 꿈을 갖고 목표를 세우고 그것을 이루는 방법을 선택할 자유를 갈구한다. 사회공동체 안에서 소속감을 느끼고, 친밀한 관계를 유지하려는 욕구도 있다.

아이가 무기력하다면 의욕저하의 원인을 찾아보자. 부모나 교사의 억압적이고 권위적인 태도 때문일까? 사실 부모나 교사가 아이들에게 무의식적으로 요구를 과도하게 하는 경향이 있긴 하다. 아이의 행동 하나하나를 자주 확인하고 통제하기 때문에 아이가 자발적 동기를 갖기가 힘들다.

또한, 습관적으로 아이의 부족한 점을 들추어내기도 한다.

"그러니까 못하는 거야."

"다른 집 애들은 다 잘하는데 너만 그 모양이지."

"네가 할 수 있겠어?"

이렇게 실패를 부추기는 말로 상처를 준다. 이러한 경험이 쌓이면 결국 실패가 두려워 미리 포기해 버리는 의욕 없는 아이가 될 수밖에 없다.

지수는 의욕이 없다. 지수 엄마는 무기력한 지수 때문에 한숨을 내쉰다.

"친구들은 학원 보내달라고 조른다는데, 우리 지수는 배우고 싶은 것도, 하고 싶은 것도, 가고 싶은 곳도 없대요. 나중에 되고 싶은 것도 없으니 공부를 왜 해야 하는지 모르겠다고 하네요."

그러면서 마음속 얘기를 꺼낸다.

"누굴 닮아 그러는지, 학원도 안 가려고 하고…… 왜 저 모양인지 모르겠어요."

지수 엄마는 아이가 다른 아이들처럼 학원에 가지 않는 것에만 초점을 맞추고 뒤처질까 봐 아등바등한다.

"커서 뭐가 되려고 저렇게 속을 썩이는지 도무지 알 수가 없네요."

지수 엄마의 말에는 아이에 대한 신뢰가 느껴지지 않는다. 자신도 모르는 사이에 지수의 의욕을 꺾는 말들을 늘어놓는다. 이러한 부모의 비관적인 말이 아이의 무기력을 부추기고 성취감에서 멀어지게 하는 원인이 될 수 있다.

그렇다면 어떻게 해야 할까?

우선 아이의 마음을 읽어주는 것이 급선무이다. 아이가 편하게 이야기를 나눌 수 있도록 분위기를 만들어야 한다. 아이는 지적받지 않고 편하게 떠들 수 있다고 생각해야 입을 연다. 하루 중 인상적이었던 일을 조잘조잘 얘기하는 아이를 떠올려 보자.

"오늘 우리 지수 기분은 무슨 색일까?"

함께 책이나 영화를 본 후에 느낌을 나눠보자.

"엄마는 영화를 보면서 이런 기분이 들었는데, 우리 지수는 어떤 마음이었을까? 궁금해지는데."

이렇게 운을 띄우고 즐거운 대화가 이어진다면 아이는 부모와 대화하는 즐거움을 충분히 느낄 수 있다. 대화의 요소가 풍부할수록 소통의 욕구가 높아지고 적극적으로 참여할 수 있다.

일상에서 나누는 친밀한 대화가 아이를 의욕상실과 무기력에서 끌어내게 해준다. 균형 잡힌 생각, 좋은 감정, 적극적인 행동 또한 갖게 한다.

아이가 학원을 가고 싶은 의욕이 없다면, "지수야, 학원 말고 어떤 걸 하면 재미있고 즐거운지 함께 생각해볼까?"라고 질문하고 대화를 풀어나가다 보면 아이 스스로 대안을 찾을 수도 있다. 그러나 아이가 무언가를 시도해보기 전에 가지 치듯 잘라버린다면 아이는 아무것도 하기 싫다며 한 발 뒤로 물러설 것이다.

엄마와 지수의 대화를 살펴보자.

엄마: 지수가 하고 싶지 않은데 엄마가 자꾸 하라고 하는 걸 얘기해 줄 수 있을까? (아이에게 생각할 수 있는 시간을 준다.)

지수: 학원에 가기 싫은데, 친구들은 모두 학원에 다니고…… 엄마는 나보고 학원 안 다닌다고 막 화내고…….

엄마: 음… 그랬구나……. 우리 지수에겐 학원 가기 싫은 마음이 있는데, 친구들과 비교하며 엄마가 너무 심했다. 엄마가 이해 못 해줘서 미안해. (아이 마음을 몰라준 엄마의 진실한 마음을 전달한다.)

지수: 괜찮아요… 엄마도 제 마음을 몰라서 그런 걸 이제 알았으니까요. 솔직히 저는 학원에는 안 가고 싶어요. 제가 뭘 잘하는지 아직 모르겠고, 아직 학원의 필요성을 못 느끼겠어요. 하지만 아무것도 하지 않는 사람이 되고 싶지는 않아요. (아이는 자기개방을 했다.)

엄마: 그랬구나.

지수: 지금 하고 싶지 않은 거지, 계속 안 한다는 얘기가 아니에요. 천천히 생각하고 싶어요.

엄마: 언젠가는 해야 한다는 지수 말이 그래도 해야겠다는 말로 엄마한테는 들리는데?

지수: 네.

엄마: 그래, 지금 당장은 하고 싶지 않은 지수 마음 잘 알겠어. 엄마는 지수가 뭘 하고 싶은지, 지수가 재미있게 할 수 있는 일이 뭘까 함께 고민하고 도와주고 싶은데, 지수 생각은 어때?

지수: 네, 지금은 어떤 걸 해야 할지 모르겠고, 그러다가 하고 싶기도 하고 그래요.

엄마: 엄마는 지수가 이렇게 이야기를 나누면서 함께한다는 게 감사해.

지수 엄마는 공감의 언어로 대화를 하고 있다. 무기력한 아이는 부모의 따뜻한 말 한마디에서 자신을 객관적으로 바라보는 힘을 얻는다. 아이에게 스스로 가지고 있는 내면의 힘이 크다는 것을 알게 해주어야 한다. 그런 것들이 학습되고 반복되다 보면 자발적 동기를 가질 수 있다.

❶ 부모의 비관적인 말이 아이의 무기력을 부추기고 성취감에서 멀어지게 하는 원인이 될 수 있다.

❷ 일상에서 나누는 친밀한 대화가 아이를 의욕상실과 무기력에서 끌어내게 해준다.

32

감정에 솔직한 아이로 키우기

준성이는 감정을 잘 표현하지 않는다. 무엇이든 해결되지 않으면 뚱한 표정으로 입을 닫아 버린다. 다른 아이 같으면 떼를 쓰거나, 화를 내거나, 울음으로 감정을 표현할 텐데, 준성이는 물어봐도 대답조차 하지 않으려고 한다. 준성이는 화가 나도 혼자 삭이고, 친구들과 얘기를 잘 하지 않는다. 준성이 엄마는 자신의 감정을 억누르는 준성이 때문에 답답하다고 호소한다.

화가 나도 내면으로 억누르는 준성이는 분명히 화도 나고 속상한 마음일 텐데 왜 감정 표현을 하지 않는 걸까? 준성이는 왜 감정 표현이 서툰 걸까?

'감정'은 어떠한 현상과 상황을 마주할 때 마음에서 일어나는 느낌과 기분이다. '표현'은 생각이나 느낌 따위를 언어나 몸짓 따위로 드러내어 나타내는 것이다. '정서'와 비슷한 의미로 볼 수 있다.

아이뿐만 아니라 부모 자신도 감정에 솔직하지 못할 때가 있다. 어떠한 감정을 품고 있는지 스스로 잘 알지 못하는 순간도 있다. 평소 솔직한 감정을 숨겨 왔거나 표현하지 않은 경험이 있을수록 더 어려울 수 있다. 왜냐하면, 감정을 숨기거나 거짓된 감정을 가지다 보면 진짜 어떠한 감정을 느끼는지 잘 알지 못하기 때문이다. 감정을 숨기기 위한 가짜 감정이 실제 본인이 느끼는 것이라고 믿게 될 수도 있다.

아이는 화가 나거나 하고 싶은 것에 대한 욕구 충족이 되지 않을 때 다양한 감정의 표현이 나타난다. 하지만 준성이처럼 감정을 표현하지 않는 아이들도 있다. 그렇다면 '건강한 감정 표현'이 있을까?

건강한 감정 표현은 아이가 자신의 감정을 표현했을 때 부모로부터 존중받고 있다는 마음과 경험에서 나올 수 있다. 아이가 자기감정을 표현하지 못할 때 "왜, 기분이 나쁘면 나쁘다고 말을 하지 못해."라고 부모가 말한다면 아이는 자신이 한없이 작은 존재라고 생각할 것이다. 기쁘거나 화가 나는 상황에서 심박수가 증가하거나 호흡이 거칠어지는 이유와 같다.

자신이 어떤 생각을 하는지, 어떤 감정을 느끼는지 솔직하게 표현한다는 것은 삶에서 무척 중요하다. 감정 표현을 잘 하지 못하면 사회집단과 타인과의 관계에서 감정을 표현하는 것에 어려움을 겪을 수밖에 없다. 감정을 다스리는 힘은 생각에 있다. 감정은 생각과 연결되어 있다. 감정을 숨기고 표현하지 않는다면 상대방은 그 마음을 알 수 없다. 사실, 자신의 감정을 인지하는 것도 어려운데 말이나 행동으로 적절하게 표현하는 게 어려운 것은 어쩌면 당연한 일인지도 모른다.

그렇다면, 감정에 솔직한 아이로 키우기 위해서 무엇이 필요할까?

아이가 느끼는 불편한 감정에 관해 얘기를 나눠야 한다. 이런 대화를 통해 아이의 감정 상태를 확인할 수 있고, 아이도 자신의 감정을 표현하는 기회를 얻을 수 있다. 설령 아이가 친구와 다툰 일로 감정이 상해 있다고 해도 좋지 않았던 사건에 대해 부모가 대화를 나누는 것은 아이 마음속에 남아 있는 나쁜 감정을 표현하는데 효과적일 수 있다. 아이가 안 좋은 일을 다시 떠올리면서 어떤 부분에서 상처를 받았는지, 서로 오해한 점은 없었는지, 부모가 헤아리지 못한 아이의 감정에 대해서 충분히 이해하는 시간을 가질 수 있다.

예를 들어, 부모가 고마움을 표현하지 못했을 때는 뒤늦게라도 아이에게 표현해 보자.

"그때 우리 준성이가 동생을 잘 돌봐줘서 엄마가 얼마나 뿌듯하고 기뻤는지 몰라."

이런 이야기를 듣는 순간 아이는 자신감을 얻는다. 아빠 엄마의 표현이 아이에게 에너지가 되고 감정을 표현하는 원동력이 된다. 가족과 대화할 때 감정에 솔직한 아이가 되는 것이다.

여기서 잠깐만

심리학자 대니얼 골만이 한 말은 그런 점에서 새겨들어야 한다. "가족 간의 생활은 감정을 표현하는 첫 발자국이다. 자신에 대해 어떻게 느끼는지 배우고 타인에게 어떻게 반응하는지를 배운다. 감정적 학습은 부모가 하는 말을 통해서가 아니라 부모가 어떻게 행동하느냐에 따라서도 배울 수 있다. 아이와 부모 간의 교감이 클수록 아이는 감정을 잘 조절할 수 있게 된다."

자기감정을 단순히 통제하거나 참는 것이 중요한 것은 아니다. 자신의 감정을 충분히 느끼며 이를 정확히 인식하고 통제하는 것이 건강한 삶이다. 자기감정에 솔직하기 위해서는 계속해서 스스로 질문을 던져야 한다.

부모는 언제든 아이의 감정에 공감하는 준비가 되어 있어야 한다. 아이가 친구 문제로 힘들어하고, 공부 때문에 스트레스를 받을 때 부모는 이야기를 들어주고 응원해주며 꼭 안아주는 '든든한' 상담자가 되어야 한다.

세상과 소통하는 힘은 바로 '자기감정에 집중해서 표현하는 능력'이다. 현재 부모나 아이의 감정은 어떤지 이야기를 나누다 보면 서로 감정에 솔직해질 수 있다. 감정의 알아차림을 통해 불편했던 감정을 해소하는 방법도 알고, 건강하게 감정을 표현하게 된다. 감정에 솔직한 아이로 키우기 위해서는 가족 간에 대화가 필요하다. 대화하면서 아이의 마음이 어떤지, 좋지 않은 감정은 순화시키도록 해준다.

감정에 솔직한 아이로 키우는 솔루션

❶ 기분이 안 좋은 표정을 하고 있다면 감정을 느끼도록 해준다.

부모가 곧바로 나서서 달래기보다는 아이 스스로 그 감정을 느끼도록 해준다. 그 감정이 지나가는 것을 보게 하고, 결국에는 아무리 힘든 감정도 영원히 지속하지 않는다는 것을 배울 수 있다. 아이가 느끼는 부정적인 감정도 나름대로 가치가 있다는 것을 알게 된다.

❷ 구체적으로 표현할 수 있게 도와준다.

부모가 먼저 기분을 표현하면 아이도 자기감정을 잘 표현한다.

"오늘은 엄마 기분이 슬퍼서 구름이 회색인 것 같아."

"오늘은 번개 맞은 느낌이야."

"오늘은 화가 나서 기분이 20점이야."

글이나 그림으로 감정을 표현해 보는 것도 좋다. 아이 스스로 자기감정을 조절하고 스트레스를 현명하게 풀어나갈 수 있다.

❸ 거절에 상처받지 않게 단단한 마음 근육을 키워준다.

부탁은 상대에게 꼭 부담을 주는 것이 아니다. 거절도 나쁜 것이 아니다. 이 사실을 알게 해주어야 한다. 때로는 부탁을 거절해도 괜찮다고 알려준다. 아이가 부탁하고 거절을 당하는 과정에서 마음의 근육이 생길 수 있다.

❶ 아이와 부모 간의 교감이 클수록 아이는 감정을 잘 조절할 수 있다.

❷ 아이는 부모와 대화하면서 감정을 알아차리고, 불편했던 감정을 해소하는 방법도 알게 된다.

33

친구 같은 아빠가 되어 주세요

옛날에는 가부장이 가족에 대한 지배권을 행사하는 가족 형태였다. 마음속으로는 자식을 사랑하는 마음이 컸겠지만, 무뚝뚝하고 무섭기만 한 아버지였다. 지금은 맞벌이 부부가 늘어나면서 아빠가 양육에 적극적으로 참여한다. 친구 같은 아빠, 이른바 프렌데디(Friend+Daddy)가 대세다.

그런데 아빠를 보면 피하고, 우는 아이들이 있다. 아빠가 익숙지 않아서 보이는 행동이다.

시율이는 아빠를 경계한다. 아빠가 "시율아, 이리 와."라고 하면 싫은 내색을 보이며 고개를 흔든다.

"왜? 아빠가 싫어?"

아빠도 시율이에게 서운한 마음이 들었는지 다그치며 묻는다.

"아니… 아빠가 싫은 건 아닌데…"

"아빠가 싫은 건 아닌데, 왜 그런 표정을 짓는 거야?"

"아빠는 무섭게 말하잖아."

아빠는 시율이한테 따뜻하게 말하고 잘 놀아준다고 생각했는데, 시율이는 무섭다고 했다. 아빠는 시율이가 자기를 보는 시선이 어떠한지 알게 되면서 많이 서운한 기분이 들었다.

시율이는 왜 아빠를 불편해할까?

- 아빠는 시율이와 함께하는 시간이 부족하다.
- 시율이 나이를 고려하지 않고 큰아이로 대한다.
- 아이를 너무 엄격하게 대한다.
- 아이와 어떻게 놀아주어야 할지 방법을 모른다.
- 엄마와 아빠 사이가 나쁜 것은 아닌가?

아이들이 아빠를 싫어하거나 거부하는 이유는 많다. 특히 아빠가 아이에게 하는 말투에 관심을 가져보자. 아빠의 말 한마디가 아이에게 어떤 영향을 끼치는지 살펴보아야 한다.

아이가 자라면서 어느 정도 대화가 되는 시기부터 엄마 위주의 양육에서 아빠의 역할이 커지기 시작한다. 초등학생 무렵이 되면 아이에게 아빠는 슈퍼맨이고, 아빠의 말과 행동 하나하나가 큰 영향을 미친다. 하지만 아빠들은 아직 표현에 서툴다. 다정하게 말하는 법을 배운 적이 없기 때문이다.

아이가 중고등학생이 되면 아빠와 소통을 거의 안 한다. 그래서 초등학생 때 아빠와의 관계를 어떻게 맺느냐에 따라 아빠와 아이 사이의 유대관계가 평생을 좌우한다. 아이와 아빠가 교감하는 시간은 초등학생 때까지다.

아빠에 대한 인식을 바로 세워야 한다. 돈을 많이 벌어온다고 해서 좋은 아빠가 되는 것은 아니다. 가정에서 소외되지 않으려면 먼저 가족과 보내는 시간을 늘려야 한다. 퇴근 후 단 10분이라도 아이와 놀아주는 아빠가 되고, 소통에 서툰 아빠라면 우물쭈물하더라도 아이와 편하게 대화를 시도해야 한다. 아빠가 아이에게 관심을 두고 소통하려고 노력하는 만큼 아이와의 대화 물꼬는 조금씩 트이게 마련이다. 특별하게 꾸미거나 멋지게 표현하지 않아도 '진심'이 가득하면 아이도 아빠를 받아들인다.

스티븐 스필버그 감독의 극찬을 받은 영화가 있다. 고레에다 히로카즈 감독의 영화 〈그렇게 아버지가 된다〉이다. 이 영화는 어떤 육아 지침서보다 훌륭하다. 이 영화에는 두 아빠가 나온다. 대도시의 대기업 엘리트인 아빠와 시골 변두리 마을에서 전파상을 운영하는 아빠.

도시 아빠는 과거 우리 아버지들의 모습과 닮아있다. 성공만을 최고의 가치로 여기고 아들에게도 그것을 강요하는 차가운 아빠다. 항상 일하느라 바쁘고 주말에도 출근한다. 아이에게 아빠의 사랑이 절대적으로 필요한 시기에 집에서도 일하고 피곤해서 자는 모습만 보여준다. 반면, 시골에 사는 아빠는 경제적인 능력은 부족하다. 하지만 아이와 함께 노는 시간이 많고 친구처럼 지낸다. 두 아빠의 상반된 모습을 통해서 어떤 아빠가 아이에게 필요한 아빠인지를 생각하게 하는 영화다.

하브루타 강의를 하면서 아이들과 아빠에 관한 그림책을 읽으며 대화를 나눈 적이 있다. 아빠에 대해 깊이 생각해본 적이 없는 아이들은 책을 읽고 대화하며 아빠에게 감사의 마음을 가졌다. 아이들은 아빠에 대해 이렇게 얘기했다.

"아빠는 일요일에도 쉬지 않고 일을 해서 힘들어요."

"아빠는 내가 잠이 드는 시간까지 일하느라 피곤해요."

아이들은 아빠에게 '안마해주기', '사랑해~ 하며 안아주기' 등 '아빠 사용 쿠폰'을 만들었다.

엄마는 아이를 출산하는 과정에서 자연스럽게 엄마가 되어가는 과정이 있다. 하지만 아빠는 그렇지 않다. 아이에게 정서적 영향을 미치는 것은 엄마이지만, 아이의 학업, 미래, 진로 등에 영향을 미치는 것은 아빠인 경우가 많다.

❶ 아빠를 보면 피하고 우는 아이들이 있는데, 아빠가 익숙지 않아서 보이는 행동이다.

❷ 아빠가 아이에게 관심을 두고 소통하려고 노력하는 만큼 아이와의 대화 물꼬는 조금씩 트이게 마련이다.

34

말 습관이 중요한 이유

엄마의 언어는 사랑의 언어라고 할 수 있다. 아이를 양육하고 돌보는 데 어려운 단어를 사용할 필요가 없다. "옷 갈아입으렴." "배고프니?" "손 씻었니?" "일찍 와." "일찍 자라." 등 엄마는 의식주와 관련된 표현이 주를 이루고, 가정의 행복에 초점을 맞춘다. 아이의 마음을 편안하게 해주는 표현을 하기에 정서적 언어인 사랑이 있다.

그러나 아빠의 말은 논리적이다. 직장에 다니고 사회생활을 하는 아빠는 현실적인 이야기를 주로 한다. 직장에서 있었던 경험담, 정치·경제 등 다양한 세상 이야기를 한다.

아빠의 역할은 중요하다

❶ 아이의 다른 면을 볼 수 있다.

집에서는 주로 엄마가 아이를 양육한다. 엄마보다 상대적으로 아이를 덜 보는 아빠는 미처 알아채지 못한 강점을 발견할 수 있다. 부부가 서로 다른 관점에서 발견한 아이의 장점을 공유하는 것은 아이를 잘 키우는 밑거름이 된다.

❷ 아빠의 말은 논리적 사고력을 길러준다.

아빠는 아이와 대화하거나 훈육할 때 엄마보다 좀 더 논리적이다. 아이가 사회성과 논리적인 사고를 기르는 데 긍정적인 역할을 한다. 이런 경험은 논리적 사고가 필요한 수학을 공부하는 데 도움을 준다.

가령, 아이가 자전거를 타다가 부딪혀서 넘어졌을 때 엄마는 다친 데가 없는지 먼저 살핀다. 아빠는 더 나아가서 전후 상황을 객관적으로 판단하고, 아이의 잘못이 있으면 먼저 지적한다. 아빠와 함께하는 놀이나 상호작용은 논리적이고, 이성적인 좌뇌를 발달시킨다. 아빠의 객관적인 시각은 아이가 같은 잘못을 반복하지 않고 강한 아이로 자랄 수 있게 한다.

❸ 아빠는 미래에 큰 비전과 이상을 실현할 수 있는 계기를 마련한다.

노자는 이렇게 말했다. “아이는 물의 모양으로 성장하게 해야 한다.

네모난 그릇에 담으면 네모가 되고, 둥근 그릇에 담으면 둥근 모양이 되듯, 물의 모양을 본받는 아이로 자라게 하라." 삶을 긍정하고 유연하게 바라볼 수 있는 경험을 만들어 주어야 한다. 엄마가 아이를 하나부터 열까지 챙기는 편이라면, 아빠는 물고기 잡는 방법을 가르쳐주는 데 소질이 있다. 아이에게 처음부터 마지막까지 일일이 가르쳐주는 것이 아니라 환경을 만들어 주고 힌트를 줘서 아이 스스로 해결할 수 있는 능력을 키우게 해야 한다. 이 역할은 아빠의 몫이다.

아이를 키울 때는 엄마의 역할도 중요하지만, 아빠의 역할도 무시할 수 없다. 부모는 아이가 자라면서 함께 성장해야 한다.

회사에서 힘든 일을 마무리하고 퇴근한 아빠가 아이를 보자마자 이렇게 말한다면?

"우리 아들(딸)을 보니 단번에 피로가 풀리는데."

아빠가 이런 말을 해준다면 아이는 '내가 아빠의 피로를 풀어주는 능력이 있구나!'라고 생각하고 자신을 매우 자랑스러워할 것이다.

때론 아빠의 말 한마디가 엄마의 백 마디 말보다 아이에게는 더욱 '진심으로' 다가간다. 멋지거나 특별한 말이 아니어도 좋다. 아이가 쉽게 이해할 수 있는 간단한 말이면 충분하다. 엄마가 기준을 정하고, 아빠는 아이를 수용하고 인정하는 역할을 맡는 게 좋다.

친구 같은 아빠의 말 습관

❶ 딸을 칭찬할 때

"우와~ 열심히 한 보람이 있네."

❷ 아들을 칭찬할 때

"아빠도 우리 아들한테 못 당하겠는걸! 훌륭하다."

❸ 아이의 도전을 격려할 때

"도전하는 게 힘들 수도 있지만, 힘들 땐 아빠가 옆에서 언제든 도와줄게."

❹ 아이가 친구 아빠와 비교할 때

"아빠가 그 부분을 몰랐었네. 미안한데…. 아빠도 몰랐던 부분을 얘기해줘서 고마워."

❺ 아이가 숙제하는 것을 힘들어할 때

"잘한 부분도 있는데, 어느 부분이 어려운지 함께 해볼까."(잘한 부분을 격려해 준다.)

❻ 아이가 욕심을 부릴 때

"충분히 잘한 거 같은데, 어느 부분이 마음에 안 드는지 말해줄 수 있을까?"

❼ 아이가 스트레스를 받을 때

"아빠가 도울 수 있는 일이 있으면 언제든 얘기해줘. 함께 고민해보자."

❽ 아이가 힘들어할 때

"많이 힘들었구나. (공감해준 다음에) 괜찮아."

❾ 아이가 실패했을 때

"엄청 속상했겠구나. 아빠도 잘하고 싶었는데 실패한 적이 있었어. 하지만 안 되는 일도 때로는 받아들이는 연습이 필요한 것 같아."

아이가 성장하면서 자기가 최고가 아니라는 생각을 하는 시기가 온다. 이럴 때 아빠가 해주는 말 한마디는 아이의 마음속에 와닿는 최고의 격려가 된다.

❶ 아이를 양육하는 과정에서 아빠의 역할은 매우 중요하다.
❷ 엄마가 기준을 정하고, 아빠는 아이를 수용하고 인정하는 역할을 맡는 게 좋다.

35

아이의 사회성을 키워주는 방법

민지는 낯가림이 심하다. 가족들과 있을 땐 잘 노는 편인데, 집에 처음 보는 손님들이 오면 엄마 뒤에 숨어서 앞으로 나서려 하지 않는다. 그냥 가만히 앉아서 놀지도 않고 엄마 꽁무니만 졸졸 쫓아다니면서 슬금슬금 눈치를 본다.

아이는 어른과 달리 사회적인 능력이 부족하다. 이럴 땐 너무 집 안에서만 아이를 끼고 사는 건 아닌지, 사회성이 발달할 수 있게 적절한 영역확장을 해주었는지, 아이를 윽박지르지는 않았는지를 살펴봐야 한다.

❶ 양육 태도.

과잉보호나 무관심, 비난과 비판, 완벽주의 등으로 양육하고 있다면 민지와 같은 행동이 나타날 수 있다.

❷ 모방

부모는 아이의 거울이다. 따라서 아이들이 쉽게 따라 하는 거울이 될 수 있다. 자신감 없고 소극적인 부모 밑에서 자란 아이일수록 부모를 닮아간다.

❸ 비합리적인 학습

성공한 경험이 적은 아이에게서 나타나는 특징이다. 실패의 두려움이 크면 사회성이 부족한 아이로 자랄 수 있다. 이런 아이는 감각, 정서적인 문제 등을 동반하며 성장하면서 어려움을 겪는다.

이런 성장 과정은 성인이 된 후에도 큰 영향을 미친다. 아무리 노력해도 친구들과 좋은 관계를 맺지 못했던 실패의 경험, 자신의 문제를 인식하지 못하는 상태로 계속해서 놀림을 받거나 배제되었던 경험이 쌓여 우울하거나 불안한 정서가 있다.

실제로 부모의 잘못된 양육으로 인해 사회성에 문제가 있는데도 부모들은 너무 쉽게 생각한다. "아직 애니까 수줍어할 수도 있는 거지 뭐." 라고 하거나 "크면서 낯가림은 없어지니까, 걱정 안 해도 돼."라는 반응을 보인다. 그러나 부모와 요즘 아이들의 성장 환경은 다르다. 자연스럽게 사회성을 배우고 친구를 사귈 기회가 적다는 점을 유념해야 한다.

여기서 잠깐만

미국의 심리학자이자 상담가인 나탈리 엘만은 사회적 관계에서는 책에 나오지 않는 불문율(unwritten rules)이 있다며, 어른과 아이의 경우가 다르다고 했다. 어른들의 세계에서는 첫 만남에서 상대의 나이를 묻는 것이 실례일 수 있지만, 아이들의 세계에서는 매우 자연스럽게 놀이로 이끄는 시작일 수도 있다는 것이다.

나탈리 엘만은 사회성 증진법을 소개하면서, 아이의 사회성을 높이기 위해 어떻게 실천해야 하는지, 부모는 어떻게 아이를 양육해야 하는지를 알아야 한다고 했다.

소심한 아이는 새로운 환경에 적응하는 데 시간이 걸리고 위험에 대한 회피가 강한 편이다. 모험을 선호하지 않고 조심스럽다. 결정을 내릴 때는 충분한 시간을 들여 이모저모를 살핀다. 또한 매사에 신중하며 사려 깊은 태도를 보인다. 물론 모험을 선호하지 않는다고 해서 결코 창의적이지 않은 것은 아니다. 비록 사교적이지는 않지만, 한번 사귄 사람과는 더 깊은 수준의 관계를 이어가는 어른으로 성장할 수 있다.

소심한 기질을 가진 아이가 긍정적인 성격으로 발전할지 아니면 두려움이 많은 부정적 성격으로 발전할지는 양육 환경에 달려 있다. 아이가 의존적인 태도를 보이는 상황을 파악하고, 그로 인한 부정확한 의사 표현을 하는지, 과도하게 불안증세와 두려움, 어려움을 가졌는지를 살펴봐야 한다. 가장 먼저, 아이가 위축된 원인을 파악하고 그에 맞는 솔루션이 필요하다. 부모와 아이가 함께 변해야 하는 일이기에 다소 지루한 과정이 될 수도 있다.

아이를 지나치게 통제하고 사사건건 간섭하진 않았는가? 만약 그렇다면 아이의 도전의식과 의욕은 점차 저하될 수 있다. 작은 실수에도 쉽게 좌절하고 새로움에 대한 호기심이 적어진다. 이럴 때는 갖고 싶은 물건이나 가고 싶은 장소 등의 선택권을 아이에게 주는 것이 필요하다. 이런 기회는 아이가 통제 상황에서 벗어날 수 있는 첫걸음이 될 수 있다.

소심한 아이는 적절한 대인관계를 경험해야 한다. 이를 통해 타인의 관점을 이해하는 '공감력'이 높아진다. 친구를 속상하게 하는 자신의 태도를 바로잡을 수도 있다. 쑥스러워서 자기 의견을 말하지 못하는 아이에게는 '표현 훈련'도 필요하다. 이러한 경험으로 아이는 사회에서 관계를 맺으며 적절한 상황 대처 능력을 키울 수 있다.

환경 자극을 경험할 수 있게 돕는 방법

❶ 아이가 새로운 환경에 불안해지지 않고 대처할 수 있는 시간을 알려준다.

소극적인 아이일수록 생각을 정리할 수 있는 시간이 될 수 있다.

❷ 천천히 지속해서 아이에게 맞추며 노력한다.

신체 단련의 방법을 안다고 해서 하루아침에 '뽀빠이'가 되는 것은 아니다. 사회성을 배우고 익히는 데는 시간과 노력이 필요하다.

③ 사회성을 키울 수 있는 경험을 제공한다.

부모는 적절한 기회를 만들어 주어야 한다. 놀이터나 키즈카페 등에서 짧은 놀이 만남을 통해 다양한 환경에 적응할 수 있게 한다. 다만, 무리하게 요구하는 마음이 앞서서는 안 된다.

④ 부모의 믿음을 아이와 나눈다.

아이에게 문제가 생기거나 어려운 상황이 닥치면 부모는 차분하게 대화를 이끌면서 신뢰감을 주어야 한다.

⑤ 친절을 가르쳐 준다.

사회성의 핵심은 '타인에 대한 친절함'이다. 이것은 다른 말로 '예의'라고 한다. 타인을 배려하고 존중할 때 자기도 존중받을 수 있다는 것을 알려준다.

❶ 소심한 기질을 가진 아이가 긍정적인 성격으로 발전할지 아니면 두려움이 많은 부정적 성격으로 발전할지는 양육 환경에 달려 있다.

❷ 소심한 아이는 적절한 대인관계를 경험하면서 타인의 관점을 이해하는 '공감력'이 높아진다.

36

혼자보다 함께하는 즐거움이 더 크다

오랜만에 지호 엄마를 만나 이야기를 나누었다. 초등학생인 지호가 친구들이랑 잘 어울리지 못해서 걱정이라고 했다.

"유치원 다닐 때도 그랬던 것 같아. 놀이터에서도 또래 아이들과 떨어져서 혼자 놀 때가 많았어. 친구 집에 놀러 가자고 해도 싫다고 하고, 친구들을 집에 초대하자고 해도 싫다고 했어. 학교에 다니면서는 더 그런 것 같아. 혼자 책 보는 게 재미있대. 이러다 사회성이 부족할까 봐 걱정이야."

내 기억 속 지호는 혼자 그림책을 보거나 블록을 갖고 노는 아이였다. 지호 엄마는 말썽 피우고, 친구들과 싸우는 일은 없지만 그렇다고 그냥 두기에는 자꾸만 불안한 마음이 든다고 했다.

우리는 세상에 태어나면서부터 타인과 관계를 맺고 살아간다. 부모를 시작으로 친구, 선생님, 이웃, 직장 동료 등 인간관계의 폭이 확장되어 간다.

0~3세 아이들은 타인보다는 자기에게 초점을 맞추고, 자신이 보고 느끼는 것에 집중한 후 가족, 친구로 관심이 확대된다. 4~5세가 되면 친구보다는 가족 안에서의 상호작용과 애정 충족이 우선이다. 6세가 되면서부터 아이의 관심은 조금 더 확장되어 친구 관계로 초점이 맞춰진다. 가족과의 정서 교류를 토대로 친구를 사귀고, 또래 집단에서 자신의 역할을 찾는다.

쉽게 설명하자면, 3세 유아들은 같은 공간에 있지만 같이 있을 뿐이고 각자 자신의 놀이에 집중한다. 6세 아이들은 같은 공간에 있을 때 어느새 함께할 수 있는 놀이를 만들고 그 안에서 규칙을 정해 수행하는 모습을 보인다. 이렇게 아이들은 성장하면서 대인관계를 학습해 나간다.

학령기 이전의 아이들이 또래와 함께 놀이한다는 것은 자신에게 집중되었던 사고와 행동을 타인에 관한 관심과 교감, 협동, 배려 등의 태도로 변화시킨다는 의미다. 친구와 상호 교류하면서 자기조절 능력을 키우고, 자존감 역시 발달한다. 아이들이 성장 과정에서 자유로운 감정을 누리고, 다양한 경험을 함께할 수 있는 관계는 매우 중요하다.

여기서 잠깐만

미국 프린스턴대 신경과학연구소 엘리스 피아자 박사는 공감 능력이 저하되는 사람들을 연구했다. 그 결과, 부모와의 상호작용이 활발한 아이들일수록 공감 능력이나 언어 능력이 높다는 것을 확인했다.

또래 관계에 흥미를 느끼지 못하는 지호에게는 적절한 시기에 부모의 개입이 필요하다. 아이가 발달하는 시기에 맞춰 적절한 경험을 하지 않는다면 지호 같은 아이가 될 수 있다. 부모들은 아이가 책을 좋아하고, 크게 문제를 일으키지는 않으니까 대수롭지 않게 생각하기도 한다. 하지만 아이들이 또래와의 놀이를 통해 책이 가르쳐주지 못하는 많은 것들을 배운다는 것을 잊어서는 안 된다.

그렇다면, 혼자 노는 걸 좋아하는 아이의 또래 관계 형성을 위해서 부모는 어떻게 해야 할까?

아이의 이야기를 충분히 듣고 감정을 표현할 수 있도록 도와야 한다. 아이뿐 아니라 부모 역시 때로는 겁을 먹는다는 사실을 알려주고 그것이 당연함을 말해준다. "너는 왜 그러니?" 하는 말은 아이를 더 불안하게 할 뿐이다. 두려움을 이겨낸 경험들을 아이에게 반복적으로 말해주는 것도 도움이 된다.

단짝 친구를 만들어 주거나 부모가 아이와 함께하면서 해결해 나가는 놀이를 하는 것도 좋은 방법이다. 혼자 놀 때보다 함께 놀 때 기쁨이 배가 된다는 것을 알게 해줄 수 있다.

부모는 아이 스스로 자기 행동에 대해 생각할 수 있는 시간을 주고 충분히 기다려야 한다. 그러면서 혼자가 아닌 함께하는 인식을 심어주는 것이 중요하다. 아이를 재촉하거나 다그치지 말고 아이의 관점에서 공감해주어야 한다. 신중하고 침착하다는 장점을 칭찬해주고, 자존감과 자신감을 높여주자.

놀이 경험으로 즐거움을 알려주는 솔루션

아이에게 혼자 노는 것보다 함께 놀면 즐거움이 더 크다는 것을 알게 해준다.

❶ 단짝을 만들어 준다.

많은 무리의 아이들이 함께 노는 것보다는 단짝부터 시작해 적은 수의 친구들과 대화를 하며 조금씩 마음을 열게 해주는 것이 중요하다.

❷ 아이가 표출하지 않는 불안요소가 무엇인지 들여다본다.

아이가 자신의 이야기를 편안하게 개방할 수 있게 천천히 귀담아듣고 공감해주는 것이 기본이다. 재촉하기보다는 아이의 마음을 인정해 줄 때 부모를 신뢰하고 마음을 열 수 있다.

❸ 어렵더라도 천천히 표현하게 해준다.

아이 스스로 자신의 마음을 알 수 있게 부모가 아이 마음을 읽어준다. 놀이를 함께하면서 마음이 잘 전달되는 훈련을 한다. 그러다 보면 아이는 감정을 잘 표현할 수 있다.

❹ 아이가 긴장을 이완하고 에너지를 발산하게 해준다.

놀이공원도 좋고, 아파트 단지 앞 둘레길도 좋다. 아이와 함께 심호흡하고, 노래도 불러보고, 마음껏 웃어보자. 아이가 혼자 있는 것에서 함께 있는 것의 즐거움을 느낄 수 있다.

❶ 아이들이 또래와 함께 놀이한다는 것은 자신에게 집중되었던 사고와 행동을 타인에 관한 관심과 교감, 협동, 배려 등의 태도로 변화시킨다는 의미다.

❷ 아이에게 혼자 노는 것보다 함께 놀면 즐거움이 더 크다는 것을 알게 해준다.

37

자기 생각을 표현하는 힘

소심한 아이는 부모의 걱정스러운 눈빛을 보며 더 위축된다. 아이는 본능적으로 상대방이 자기를 어떻게 생각하는지 감각적으로 느낀다.

건희는 놀이하면 언제나 부하 역할만 한다. 혼잣말로 '나도 대장이 되고 싶은데…… 나도 할 수 있는데……'라고 하지만, 정작 놀이할 때는 언제나 부하다. 어느 날 집에서 동생과 놀던 건희는 동생에게 부하를 시키고, 자기가 대장이 되어 놀이했다. 동생은 그런 형을 보면서 말했다.

"에이, 뭐 대장이 그래. 자기가 하고 싶은 것만 하고…… 나 안 할래."

동생과 놀이하면서 건희는 대장을 했지만, 또 다른 상황에 당황했다. 비록 대장 놀이에서는 실패했지만, 대장일 때의 불편함과 부하일 때의 좋은 점을 경험해보는 시간이었다.

건희는 엄마와 대화를 나누었다.

건희: 엄마, 나 친구들하고 놀이할 때 대장 역할도 해보고 싶은데, 말할 용기가 안 나요.

엄마: 음… 우리 건희가 친구들과 놀이할 때 대장을 하고 싶구나. 그럼 내일은 친구들에게 용기를 내서 말을 해보는 건 어떨까?

건희: 그런데… 친구들 앞에서는 용기가 나질 않아요.

엄마: 용기를 내는 게 쉬운 일은 아니야. 하지만 건희가 이렇게 용기를 갖고 엄마한테 얘기해 줘서 그것 또한 용기라고 생각해. 엄마가 보기엔 아직 포기하기엔 이른 것 같은데.

건희: 친구한테 말했는데, 거절당하면 창피하잖아요.

엄마: 엄마가 생각하기엔, 집에서 건희가 동생과 놀면서 대장을 하는 걸 보면 충분히 할 수 있다고 생각해. 도전도 안 해보고 포기하는 건 후회되는 일이 아닐까?

건희: 엄마, 고민이 돼요.

엄마: 건희가 대장이 된다면 어떤 대장이 되고 싶은지 얘기해 보자.

건희: 저는 대장이 되면 저만 하는 게 아니라, 친구들과 한 번씩 돌아가면서 대장 역할을 할 수 있게 해주고 싶어요.

엄마: 아, 그렇구나. 엄마가 보기엔 건희도 충분히 대장 역할을 할 수 있고, 건희처럼 대장을 하고 싶어도 말 못 하는 친구들에게도 기회가 생기는 것 같은데.

건희: 할 수 있을까요?

엄마: 그럼, 충분히 대장이 될 수 있을 것 같아. 건희야, 멋진 대장이란 어떤 사람인 거 같아? 엄마가 궁금해지는데.

건희: 친구들과 돌아가면서 대장과 부하 놀이를 하면 대장일 때 마음과 부하일 때 마음을 잘 알 것 같아요. 혼자만 하는 게 아니라 함께하는 것 같아요.

엄마: 우리 건희가 이런 훌륭한 생각을 하는구나.

소심해서 말을 꺼내지 못했던 건희는 그다음 날 친구들에게 자기 생각을 전했다. 놀이에서 대장을 돌아가면서 하는 건 어떠냐고. 친구들도 그 말에 반대하지 않고 다 받아들여 그동안 부하만 하던 친구들도 대장이 될 수 있었다. 아이들의 놀이는 함께하는 즐거운 놀이가 되었다.

자신감이 부족하고, 소극적인 아이에게 무언가 용기를 낸다는 것은 쉬운 일이 아니다. 엄마는 아이 관점에서 무엇을 두려워하고 고민하는지 그 마음을 들여다보고 함께 이야기하는 시간이 필요하다. 소심한 아이에게 부정적 감정의 표출은 오히려 아이를 더 주눅 들게 하는 결과를 만들 수 있다.

아이 스스로 문제를 해결할 수 있게 엄마가 옆에서 돕는 조력자가 된다면, 용기를 낼 수 없는 두려움을 해결할 방법을 찾아낼 수 있을 것이다.

❶ 소심한 아이는 본능적으로 상대방이 자기를 어떻게 생각하는지 감각적으로 느낀다.

❷ 엄마는 아이 관점에서 무엇을 두려워하고 고민하는지 그 마음을 들여다보고 함께 이야기하는 시간이 필요하다.

6장

아이와 함께하는 상호작용 놀이

많이 이해하고 싶은 사람은
누구든지 많이 놀아야 한다.

-고트프리트 벤(Gottfried Benn)

38

엄마가 처음인 엄마에게

엄마는 원래부터 엄마인 줄 알았다. 엄마가 되고 나서야 알게 되었다. 엄마도 처음부터 엄마가 아니었다는 것을. 누군가의 딸이었고, 또 누군가의 손녀였고, 또 누군가의 언니나 동생이었다는 것을.

결혼하면서 좋은 아내가 되겠다고 다짐했고, 아이를 낳고 기르면서 좋은 엄마가 되길 소망했다. 갓 태어난 아기는 너무나 작았다. 숨은 잘 쉬는지, 잠은 잘 자는지, 젖은 잘 먹는지 걱정만 한가득이었다. 아이가 아프고 힘들어할 때는 마치 내 잘못인 것처럼 같이 마음 아프고 힘들었다. 내 아이를 훌륭하게 키워 보겠다고 마음먹었지만 아는 게 없어서 이러지도 저러지도 못한 채 발만 동동 구르는 엄마였다. 육아백과사전을 들춰보고 맘 카페의 정보를 공유하며 초보 엄마는 열심히 아이를 양육

했다.

엄마는 아이를 키우면서 '내가 원하던 삶은 이런 게 아니었는데.' '내 감정 따위는 아무도 신경 써주지 않아.' '내 삶은 없는 거 같아.' 이런 부정적 감정을 억누른다. 억지로 억누르면 오히려 역효과가 나는 줄 알면서도 '엄마니까… 난 참아야 해.'가 반복 아닌 반복이 된다. 이러다 보면 엄마는 자존감이 바닥이고, 무력감, 심하면 우울증까지 겪는다.

엄마로 산다는 것은 힘든 일이다. 화가 나는 순간들을 수없이 맞이하지만, 엄마니까 참아야 한다고 생각하면서 마치 숙명처럼 받아들인다. 엄마는 자신의 감정을 아이에게 들키지 않아야 한다고 생각하며 차단한다. 엄마가 자기감정을 쌓아두고 숨기는 것을 반복하면 결국 엄마의 스트레스가 아이에게 그대로 전달된다.

엄마들의 말투엔 짜증이 묻어 있다. 아이들은 엄마를 온종일 수백 번도 더 부른다. 오전에는 "엄마~" 하고 아이가 부르면 "응, 왜?"라고 대답한다. 오후가 되면 말투가 달라진다. 아이가 "엄마!" 하고 부르면 "아, 왜!?"라고 짜증 섞인 말투로 대답한다.

부정적으로 올라오는 불편함을 그대로 수용하고 '내가 왜 이러지?' '왜 이런 감정이 들지?' 잠시 생각해보는 시간이 필요하다. 엄마와 아이가 서로 요구하는 기준은 많이 다를 수 있다. 아이에게는 장난일 수 있는 일이 엄마에게는 '잘못된 행동'이고, '고쳐줘야 할 행동'이다.

후회 없는 양육을 하고, 후회하지 않는 삶을 살기 위해선 엄마도 자신만의 시간이 필요하다. 그래야 화를 내지 않아도 되는 일에 화를 내지 않는다. 이것이 엄마가 할 수 있는 '감정 조절'이다. 엄마의 감정 조절이 아이뿐만 아니라 남편과의 관계에서도 후회하는 일을 만들지 않는다. 상황에 따라 엄마가 갖고 있는 감정을 성숙하게 표현할 때 '건강한 감정'이 될 수 있다.

아이들을 양육하면서 엄마는 자신을 잊고 산다. 하루 한 시간 아니 30분이라도 엄마 자신을 위한 시간을 비워두자.

❶ 엄마가 자기감정을 쌓아두고 숨기는 것을 반복하면 결국 엄마의 스트레스가 아이에게 그대로 전달된다.

❷ 후회 없는 양육을 하고, 후회하지 않는 삶을 살기 위해선 엄마도 자신만의 시간이 필요하다.

39

엄마의 감정 공부

엄마가 자기감정을 알면, '내 마음이 어떤지.' '왜 그런 마음이 들었는지' 내면의 소리를 들을 수 있다. 좀 더 자신을 객관적으로 바라볼 수도 있다. 아이가 마음에 들지 않는 행동을 했을 때 자기감정을 들여다보자.

'내가 아이에게 이런 행동에서 화를 내는구나!'
'아이의 이런 행동에 자꾸 불편한 감정이 드는 건 왜일까?'
'슬퍼지는 이 감정은 뭐지?'
'아이가 이런 행동만 안 했으면 좋겠다, 정말!'
'나는 나쁜 엄마인 걸까?'
'내 마음을 몰라주는 아이도 밉고 남편도 밉다.'
'나도 잘하고 싶은데… 왜 화내고 후회가 되지.'

아이를 키우다 보면 엄마는 쉴 새 없이 감정에 기복이 생기고 정서가 흔들린다. 엄마의 감정 기복이 그렇듯 정서 역시 엄마 자신도 모르는 사이에 자리 잡는다.

우리의 내면(마음)을 들여다보면 합리적이지도 않고, 논리적이지도 않다. 문제해결에 전혀 도움이 되지 않는 부적응적 인지구조를 가지고 있다. 그렇다면 인지구조란 무엇일까? 우리가 생각하는 '사고의 틀'이라 할 수 있다.

'내 아이는 반듯하게 자라줘야 해.'
'아이를 최고로 키우기 위해선 최고로 가르쳐야 해.'
'남보다 월등한 아이로 키울 거야.'
'내 아이는 특별해.'
'최고의 엄마가 되지 않으면 난 0점 엄마야.'

이런 비합리적 신념과 경직된 사고가 엄마를 불안한 감정으로 내몬다. 이런 생각의 패턴을 잘 알아차리는 연습을 해야 한다.

엄마의 인지적 오류는 제대로 알지 못하는 것, 잘못 아는 것이다. 엄마의 인지적 오류는 엄마 자신이 가진 생각의 틀을 통과함으로써 내면을 들여다볼 수 있는 계기가 된다. '행복'과 '불행'의 감정은 결국 엄마 스스로 선택하는 것이다.

감정은 그대로 내버려 두면 먼지처럼 쌓인다. 부정적인 감정이 형성되면 주위에서 벌어지는 일들에 민감하게 반응할 수밖에 없다. 일상생활에서 겪는 이러한 인지적 오류를 살펴보는 훈련을 하다 보면 분노하고 집착하고 슬퍼하는 원인을 조금이나마 찾을 수 있다.

인지행동치료의 창시자인 아론 벡Aaron T. Beck은 "우리의 감정은 생각을 어떻게 하느냐에 따라 달라질 수 있다."라고 했다. 내 감정이 너무 한쪽으로 치우치지는 않았는지, 확대 해석하는 것은 아닌지, 부분적으로만 선택해서 생각했는지를 살펴야 한다. 그로 인해 내 감정이 유발될 수도 있으니 생각을 점검해 보면 감정도 달라질 수 있다.

❶ 아이를 키우다 보면 엄마는 쉴 새 없이 감정에 기복이 생기고 정서가 흔들린다.

❷ 부정적인 감정이 형성되면 주위에서 벌어지는 일들에 민감하게 반응할 수밖에 없다.

40

책 읽고 열린 질문하기

은석이는 책 읽기를 좋아한다. 책을 많이 읽는 것이 신기하고 기특해서 엄마는 자꾸 질문한다.

"지금 읽는 책 재미있어?"

은석이의 반응은 "재미있어." "좋아." "별로야." 이렇게 단답형이다. 엄마는 제대로 책을 읽는지 확인하고 싶은데 이런 대답을 들을 때마다 답답하다. 한편으로는 '책을 좋아하는 것만으로도 충분히 칭찬받을 만하지.'라고 생각하면서도.

"얼마 전에 읽은 《엄마가 화났다》는 어땠어? 재미있었어? 엄마한테 얘기 좀 해주라."

"음… 엄마랑 산이랑 만나서 꼭 껴안고 끝났어. 그 이상은 생각이 안 나."

좀 더 말해 달라고 엄마가 채근하기 시작하면, 은석이는 귀를 닫아 버린다. 남자아이라 그런지 두 번 이상 물어보면 예민하게 반응한다.

"몰라. 물어보지 마!"

엄마는 궁금해서 아이를 채근하고, 아이는 자꾸 묻는 엄마에게 짜증 섞인 말투로 답한다.

아이와 함께 책을 읽을 때 부모는 책을 꼼꼼하게 읽는 것은 물론이고 아이를 어떻게 칭찬할지도 고민해야 한다. 처음에는 가르치고 싶고 아이가 놓친 부분을 지적하고 싶을 것이다. 또는 비슷비슷한 칭찬만 반복하면 아이가 싫증을 내고 흥미를 잃을지도 모른다. 하지만 이러한 고비는 아이의 좋은 점을 발견하기 위한 노력의 과정이다.

칭찬은 발명이 아니라 발견이다

아이에게 칭찬은 보약이다. 평소에 아이를 관찰하면서 칭찬할 수 있는 소재를 개발해야 한다. 특히 책을 읽고 칭찬 대화를 준비할 때는 아이가 읽는 책을 적어도 두세 번은 읽어야 한다. 왜냐하면, 책에 흥미가 생긴 아이는 책 속의 내용을 그대로 따라 하고 싶은 심리 반응이 있기 때문이다.

예를 들어, 《슈퍼 거북》 책을 읽은 아이는 주인공처럼 이마에 끈을 묶고 뛰어다닌다. 이것은 책을 읽었다고 부모에게 자랑하고 싶고 관심을 끌고자 하는 신호다. 이러한 신호를 제대로 알아채고 칭찬으로 돌려주기 위해서는 부모가 책에 있는 에피소드를 모두 알아야 한다.

아이와 함께 책 항해를 떠나기 위해서는 부모가 먼저 닻을 올려주어야 한다. 아이가 읽은 책에는 아이만의 감정과 색깔이 묻어 있다.

"엄마도 그 책을 읽었는데, 정말 재미있었어."

이렇게 짧게 말해주는 것만으로도 아이는 우쭐해지고 자기 생각이 존중받는다고 여긴다.

아이를 칭찬할 때는 과장하지 말고 적절한 포인트를 찾아서 해야 한다. 물론 한 번에 되는 것은 없다. 반복적인 훈련이 필요하다.

그렇다면, 칭찬하기 좋은 타이밍은 언제일까?

아이가 잘한 부분에서는 아낌없이 칭찬을 해주자. 이것이 책을 읽은 보상이 되고, 아이는 '아, 이렇게 하면 칭찬을 받는구나!'라고 인지하게 된다. 부모로서 하는 칭찬이 아닌 아이가 듣고 싶어 하는 칭찬을 해야 한다. 아이와 수평적 관계를 유지한다면 아이의 마음을 움직이는 계기가 된다.

부모가 태도를 낮추는 것도 좋은 방법이다.

"엄마는 이런 생각조차 못 했었는데, 와~ 대단한데."

이런 칭찬을 해주면, 아이는 부모가 발견하지 못한 부분을 수용하고 지지를 받는다고 여긴다. 책을 함께 읽으면서 가르치려는 태도가 아닌 배워나간다는 것을 아이가 느끼게 해야 한다. 책을 읽고 난 후의 칭찬은 읽기 전 아이가 느꼈던 칭찬과는 다르다. 일상에서 "밥을 깨끗하게 먹었네!" 같은 칭찬은 다독이는 것이지만, 책에 관한 칭찬은 아이의 생각을 존중하는 태도가 될 수 있다. 이런 칭찬을 들은 아이는 자기도 모르게 책에 의미와 가치를 부여하면서 독서를 즐기는 아이로 성장하게 된다.

책을 읽고 칭찬할 때는 이렇게 해보세요

책 읽는 시간은 부모와 아이가 함께 즐거워야 한다. 아이가 숙제하듯 괴롭게 책을 읽게 해서는 안 된다. 그리고 책을 읽고 시험 보듯 내용을 아는지 점검하는 것도 금물이다. 그렇게 하면 아이는 부모가 책을 읽어 준다고 해도 손사래를 칠 것이다.

책을 읽고 아이에게 하는 질문은 열린 질문이어야 한다. 아이가 느끼는 감정과 생각을 말하도록 질문해야 한다.

아이와 함께 책을 읽고 대화를 나눠보자. 아래 순서는 어느 책을 읽든지 적용할 수 있다. 구체적인 열린 질문은 참고만 하고, 아이의 대답에서 칭찬 포인트를 찾아내는 것이 더 중요하다.

❶ 도입(동기): 표지의 그림, 글, 배경, 색채를 관찰하며 질문한다.

Q 산이는 왜 맨발로 서 있을까?

Q 엄마는 왜 큰 그림자로 나타날까?

Q 제목의 '화'는 왜 빨간색일까?

❷ 내용(사실): 내용에 관한 질문을 한다.

Q 산이는 왜 흘리면서 먹을까?

Q 목욕하는 산이는 왜 비누 장난을 쳤을까?

Q 부글이는 왜 부글부글 되었을까?

Q 산이는 어디 갔다 왔을까?

Q 엄마는 왜 산이에게 미안하다고 사과했을까?

❸ 심화(마음·생각·상상): 가정법(만약 ~라면)을 사용한 상상 질문

Q 네가 만약 엄마라면 어땠을까?

Q 네가 산이처럼 사라진다면 엄마는 어떤 마음일까?

Q 화를 내는 건 좋은 걸까?

Q 화를 내지 않기 위해선 어떻게 해야 할까?

Q 산이처럼 엄마를 화나게 했던 적이 있을까?

Q 화를 푸는 방법은 어떤 것이 있을까?

❹ 적용(실천): 현실의 경험과 연관된 질문

Q 엄마가 화가 나지 않으려면 나는 어떻게 해야 할까?

Q 나는 왜 사랑하는 아이에게 화를 냈을까?

Q 아이들에게 상처 주었던 말은 무엇인가?

Q 나는 어떤 엄마인가?

Q 친구 같은 엄마는 어떤 엄마일까?

❺ 메타(종합): 사건·단어에 포함된 의미를 정리하고 서로 말해보기를 통한 사고 확장하기

Q 화를 잘 표현하는 방법은 어떤 것이 있을까?

Q 엄마가 화를 내는 이유는 무엇이었을까?

Q 아이는 화가 나는 상황에서 어떻게 화를 풀까?

❶ 아이와 함께 책을 읽을 때 부모는 책을 꼼꼼하게 읽는 것은 물론이고 아이를 어떻게 칭찬할지도 고민해야 한다.
❷ 아이를 칭찬할 때는 과장하지 말고 적절한 포인트를 찾아서 해야 한다.

✎ 가족끼리 이야기를 나누며 서로 생각과 감정을 표현하면 아이에게 정서적 안정감을 줄 수 있어요.

<table>
<tr><th colspan="2">우리 가족 칭찬 릴레이</th></tr>
<tr><td colspan="2">우리 가족이 잘 하는 것은 무엇일까?
예) 엄마는 요리를 잘하고, 아빠는 운동을 잘하고, 나는 책을 잘 읽는다.</td></tr>
<tr><td>(　　　)의 장점
부모님이 생각하는 아이의 장점을 써주세요.</td><td>(　　　)의 단점
부모가 쓴 것을 보고 아이가 자유롭게 자기 생각을 쓰게 해 주세요.</td></tr>
<tr><td>엄마 아빠의 장점</td><td>엄마 아빠의 생각</td></tr>
<tr><td colspan="2">참 잘했어요
아이와 함께 나누었던 이야기 중에서 칭찬할 것을 써주세요.</td></tr>
</table>

41

인터뷰 놀이, 너의 마음이 궁금해

아이와 주고받는 대화를 떠올려 보자. 감정을 묻고 답하는 대화가 아니라 필요한 정보를 교환하기 위한 대화가 대부분일 것이다. 감정 표현이 서툰 아이에겐 말할 기회가 필요하다.

솔이는 예쁜 딸이다. 엄마를 무척 잘 따르는 아이이다. 엄마와 함께 책을 읽고 팔을 베고 자장가를 들어야 잠이 들 만큼 엄마에 대한 애정이 깊다. 솔이가 엄마 품에서 행복한 표정으로 잠든 모습을 볼 때마다 엄마의 가슴은 따뜻해진다.

하지만, 요즘에는 엄마와 솔이는 대화를 이어가기가 어렵다. 엄마는 엄마대로 솔이에게 짜증을 내고, 그런 엄마의 모습에 솔이는 말을 아끼며 눈치를 본다. 그렇게 된 이유는 솔이가 온종일 스마트폰을 손에서 놓지 않기 때문이다. 엄마가 야단을 치고 빼앗았더니 그때부터 솔이와 엄마는 마주 앉기만 해도 냉랭한 공기만 맴돈다. 엄마는 솔이의 표정이 마음에 걸린다.

엄마는 저녁을 먹고 솔이에게 말을 건넨다.

"솔아, 엄마랑 인터뷰하지 않을래?"

"인터뷰?"

"엄마랑 인터뷰하자. 저번에 읽은《혼나지 않게 해주세요》기억하지? 그 책이랑 펜 좀 가져올 수 있을까?"

엄마는 먼저 솔이에게 말을 걸긴 했지만 솔이가 인터뷰 놀이에 쉽게 응하는 태도가 사뭇 진지해서 흠칫 놀랐다. 미리 준비한 종이에 몇 가지 질문을 적어서 솔이에게 보여주었다. 가장 기억에 남는 구절은 무엇인지, 왜 그 구절이 기억에 남는지, 엄마에게 묻고 싶은 이야기는 무엇인지……. 솔이는 질문들을 보고 잠시 고민하는 듯했지만, 책의 제목이 솔이의 관심을 끄는 것 같았다.《혼나지 않게 해주세요》책을 함께 읽으며 솔이와 엄마는 불편한 감정을 함께 나누었다.

인터뷰라고 하면, TV나 신문 등에서 유명인사들을 인터뷰하는 특별한 일이라고 생각할 수 있다. 인터뷰도 결국 하나의 대화다. 식탁에서 아이와 주고받는 것도 인터뷰가 될 수 있다. 인터뷰는 질문을 던지고 대답을 듣는 것이다.

인터뷰는 기록으로 남고 보관되기 때문에 아이는 더 집중하게 된다. 종이에 받아 적거나 녹음을 하는 엄마의 모습을 보고 아이는 진지하게 받아들인다. 아이 속마음을 끌어내는 인터뷰를 진행하려면 먼저 아이의 마음을 편안하게 해주어야 한다.

아이가 몰입하게 하려면 가장 효과적인 방법은 놀이로 접근하는 것이다. 놀이로 접근하면 아이의 집중력이 높아지고 속마음을 감추려 하는 태도가 개방적으로 바뀐다. 이때 책을 연결고리로 삼으면 책에 나오는 다양한 에피소드를 통해 아이의 감정을 끌어낼 수 있다. 궁금한 것을 아이에게 직접 묻는 대신 아이가 책의 주인공이 되어 대화를 연결해 나갈 수 있다.

인터뷰 놀이를 경험한 엄마들의 반응은 매우 다양하다.

"아이에게 미안했어요."

"아이에게 무심코 했던 말을 후회했어요."

인터뷰 놀이를 하면 아이가 가장 중요하게 생각하는 것이 무엇인지 알 수 있다. 아이의 호기심을 무시해 버린 것에 대해 미안함을 느낄 수 있다. 인터뷰 놀이를 통해 부모와 아이가 속마음을 꺼내 보고 나눠 볼 수 있다.

인터뷰 놀이로 아이와 소통하기

❶ 책 속에서 혼나는 아이(주인공)가 되어 인터뷰한다.

❷ 역할놀이를 한다. (엄마, 아이가 번갈아 가며 인터뷰한다.)

❸ 인터뷰하면서 말을 적거나 녹음하기

- 표지 속 아이는 왜 화가 났다고 생각합니까?
- 매일 혼나는 아이의 마음은 어땠을까요?
- "착하구나."라는 칭찬을 받으면 기분이 어떨까요?
- 혼나지 않는 방법은 무엇이 있을까요?
- 칠월 칠석에 소원을 빈다면 어떤 소원을 빌래요?
- 소원 쪽지에 소원을 적는다면 어떤 소원을 적고 싶으세요?

❶ 감정 표현이 서툰 아이에겐 말할 기회가 필요하다.
❷ 인터뷰 놀이는 아이의 집중도가 높다.

가족끼리 이야기를 나누며 서로 생각과 감정을 표현하면 아이에게 정서적 안정감을 줄 수 있어요.

가족이 함께하는 인터뷰 놀이	
엄마 아빠에게 궁금한 것	(　　　　) 에게 궁금한 것
엄마 아빠 답변	(　　　　) 답변
엄마 아빠에게 궁금한 것	(　　　　) 에게 궁금한 것
엄마 아빠 답변	(　　　　) 답변
미안해. 사랑해. 감사해(문장으로 표현하기)	

42
최고의 책 정리 놀이

"민율아, 어떤 책 읽을까?"

"음… 나는 《슈퍼 거북》 읽고 싶어요."

"그 책은 지난번에도 3번이나 읽었잖아. 엄마는 다른 책을 읽는 게 좋겠는데…"

"싫… 은… 데…"

읽을 책을 선택할 때는 엄마가 주도해서는 안 된다. 민율이의 마음을 알아주지 않고 엄마가 읽을 책을 선택하면 아이는 책에 흥미를 잃을 수도 있다. 혼자 책을 고르고 읽는 게 부족한 아이에게는 엄마가 책을 골라 줄 수 있지만, 아이가 충분히 책을 선택할 수 있는 나이가 되었다면 엄마는 아이의 선택을 존중해주어야 한다.

집에는 아이들이 읽었거나 읽어야 할 책들이 많을 것이다. 그렇다면 좀 더 확장해서 아이가 판단하여 책을 선택하고 정리할 기회를 주는 놀이를 해보자. 아이의 생각이 자라게 하려면 기록하는 습관이 중요하다. 처음엔 쉽지 않을 수 있다. 훈련이 필요하다. 그렇다고 너무 서두를 필요는 없다. 부모의 감정이 앞서지 않길 바란다.

아이가 자기 생각을 정리할 기준을 제공한다

'최고의 책 정리 놀이'는 아이들이 책을 더 소중히 다루는 계기를 마련해준다. 놀이할 때는 철저히 아이에게 주도권을 주어야 한다. 스스로 책을 고르고 점수를 매기는 기준을 정할 수 있게 한다.

어떤 놀이든 놀이의 규칙이 너무 엄격하거나 복잡하면 아이가 재미를 붙이지 않는다. '최고의 책 정리 놀이' 규칙을 지키기 위해 애쓰려는 욕심은 버려야 한다. 책을 분류하는 과정에서 아이가 멋대로 바꾸더라도 응원해 주어야 한다. 왜냐하면, 아이 스스로 형식을 깨버린다는 것은 그 놀이에 진지하게 몰입한다는 것이기 때문이다. 몸에 딱 맞는 옷을 입었을 때 자유로워지는 것처럼, 아이는 자신에게 가장 좋은 최적의 방법으로 스스로 책 놀이에 흠뻑 빠져들 수 있다.

'최고의 책 정리 놀이'는 아이가 책을 최고, 중간, 중하로 나누게 하는 것이다. 텍스트로 작성해서 붙여도 좋고 라벨스티커를 활용해 상·중·하로 스티커를 붙여 정리해도 된다.

집에 있는 책을 최고, 중간, 중하로 나누어 책꽂이에 꽂아 보니, 아이들의 호응도가 높았다는 얘기를 많이 들었다. 어느 부모는 이렇게 말했다.

"이 놀이를 했더니, 아이가 몇 권의 책을 꺼내고는 자리를 잡고 책을 읽기 시작했어요. 그 모습이 의아해서 물어봤지요. 아이가 '내가 뽑은 최고의 책에 왜 이 책이 최고인지 다시 한번 확인하는 중이야.'라고 했어요. 책을 정리하면서 방이 엉망이 되긴 했지만, 아이가 스스로 분류한 책을 다독하는 습관이 생겨서 흐뭇했어요."

그 엄마는 최고, 중간, 중하로 선택되지 않은 책들은 나눔을 통해 필요한 사람들이 가져가게 했고, 상태가 아주 좋은 책은 중고로 팔아서 그 돈을 기부했다고 한다. 혹시 전집 책을 사서 장식품처럼 책장에 꽂아놓은 책은 없는지 한번 둘러보자. 읽은 지 오래된 책은 나눔을 하여 기쁨을 누릴 수 있다.

정형화된 책장이 아니어도 좋다. 자주 읽는 책이라면 전면 책장에 꽂아놓자. 한눈에 볼 수 있게 하자. '최고의 책 정리 놀이'는 책을 정리하면서 스스로 문제를 해결할 수 있는 능력도 기를 수 있다.

최고의 책 정리 놀이를 하면서 아이와 대화하기

❶ 최근 한 달간 읽을 책을 골라보게 한다.

Q 오늘은 한 달간 읽을 책을 골라보는 걸 하려고 하는데, 네 생각은 어때?

Q 네가 읽을 책을 스스로 골라보는 건 어떨까?

Q 책을 고르는 너의 기분이 어떤지 말해볼까?

❷ **가장 좋아하는 책부터 숫자 또는 색깔로 분류하게 한다.**

Q 가장 좋아하는 책부터 세 분류로 나누어 볼까? (꼭 세 분류가 아니어도 괜찮다.)

Q 숫자로 분류하는 게 좋을까? 색깔로 분류하는 게 좋을까? (아이의 또 다른 아이디어가 있다면 반영한다.)

Q 분류를 해본다는 건 어떤 의미일까?

Q 나에게 선택할 수 있는 기회가 생긴다는 건 좋은 걸까?

❸ **분류가 끝나면 왜 내가 이렇게 책을 분류했는지에 대해 이유를 기록하게 한다.** (기록 노트를 만드는 것도 좋다.)

Q 분류를 하니까 너의 기분은 어때?

Q 최고의 점수를 준 이유는 뭘까?

Q 중간점수를 준 이유는 어떤 마음일까?

Q 선택받지 못한 책들이 너라면 어땠을까?

Q 선택받지 못한 책들은 어떻게 하면 좋을까?

❹ **결정하기 어려운 책이 있다면 따로 분류하게 한다.** (나중에 분류할 기회가 온다.)

Q 선택받지 못한 책들처럼 너도 그런 경험이 있니?

Q 결정하기 어려웠던 마음을 엄마도 함께 알면 어떨까?

Q 선택받지 못한 책들에 기회를 준다면 어떤 기회를 줄까?

❺ 점수를 준 이유가 뭔지 대화한다.

Q 책에 점수를 주는 것처럼 엄마에게도 점수를 준다면?

Q 최고의 책은 너에게 어떻게 다가왔을까?

Q 점수를 준다는 건 어려운 일일까?

Q 책이 나에게 점수를 준다면 몇 점을 줄까?

❶ '최고의 책 정리 놀이'는 아이들이 책을 더 소중히 다루는 계기를 마련해준다.

❷ 책을 정리하면서 스스로 문제를 해결할 수 있는 능력도 기를 수 있다.

가족끼리 이야기를 나누며 서로 생각과 감정을 표현하면 아이에게 정서적 안정감을 줄 수 있어요.

최고의 책 정리 놀이	
최고	이유?
중간	이유?
중하	이유?

43

명탐정 놀이, 정답 없는 놀이가 행복하다

"가람아, 지금 읽고 있는 책 제목이 뭐야?"

"《늑대 학교》요. 대박 재미있어요."

"엄마도 재미있게 읽었던 책인데, 가람이가 얼마나 잘 읽었는지 명탐정 놀이 해볼까?"

가람이는 자신만만한 표정으로 엄마에게 "좋아요."라고 한다.

"자, 엄마부터 시작한다. 늑대 루피오는 몇 번째 책상에 앉아 있었을까?"

"엄마, 그건 명탐정 질문이 아니잖아요."

가람이는 생각이 나지 않았는지 다시 책을 펼쳤고, 맛보기 질문이라는 말을 듣고 나서야 다시 표정이 밝아졌다.

가람이는 루피오가 몇 번째 책상에 앉았는지 확인하고는 대답했다.

"두 번째 줄이요."

"딩동댕~"

"늑대 학교에서는 어떤 것을 가르치는지 3가지만 말해볼까?"

"엄마, 이건 반칙이잖아요. 그걸 세면서 읽는 사람이 어디 있어요."

말은 그렇게 하면서 어느새 가람이는 책장을 넘기고 있다.

"우는 소리 내는 법, 지저분하게 먹는 법, 나쁜 말 배우는 법. 이렇게 3가지요."

"딩동댕~"

이렇게 엄마와 가람이는 핑퐁 대화를 하며 명탐정 놀이 릴레이를 했다. 몇 가지 질문을 추가하자 어느새 가람이의 눈동자가 초롱초롱 빛났다. 만약 청진기가 있어 가람이의 머릿속을 짚어 본다면 "쌔~앵" 하고 생각하는 부스터가 발동하는 소리가 나지 않을까.

가람이와 엄마가 처음부터 핑퐁 대화가 잘 되었던 건 아니다. 명탐정 놀이의 규칙을 아무리 암기하고, 책의 내용을 외우다시피 했지만, 번번이 분위기가 어두워졌다. 이 놀이를 처음 해보는 가족은 한 번은 겪는 문제다. 이 고비를 넘기려면 엄마가 주도하겠다는 생각을 버려야 한다. 그래야 재미있는 명탐정 놀이를 할 수 있다.

명탐정 놀이는 질문하는 사람의 역할이 중요하다

엄마들은 책을 읽을 때 주인공과 주변 인물의 행동과 감정에 민감하게 반응하는 편이다. 그래서 엄마는 명탐정 놀이를 하면서 아이가 이야기 속에 등장하는 사건들을 중요하게 생각하기를 바란다. 그래서 명탐정 놀이를 하면 아이와 핑퐁 대화를 하며 책 읽는 재미를 이어갈 수 있다.

"가람아, 마지막에 루피오가 엄마 아빠에게 그림책을 읽어 주었잖아. 왜 그랬다고 생각해?"

"루피오는 엄마 아빠 사이에서 자려고 그림책 읽어달라고 한 거잖아요."

"가람이의 생각도 맞는 생각이지만, 엄마가 조금만 힌트를 줄게. 루피오가 진짜 학교에서 어떤 걸 배웠는지를 떠올려봐. 그러면 왜 그림책을 가져갔는지 알 수 있을 거 같은데?"

"아, 맞다. 늑대 학교에서는 나쁜 것만 가르쳐 주었는데, 진짜 학교에서는 좋은 걸 알려주니까. 엄마랑 아빠에게도 좋은 걸 알려주고 싶어서 그랬던 거 같아요."

"그렇지. 루피오의 감정은 그런 거였지. 우리 가람이가 루피오의 마음을 잘 알게 되었는걸."

엄마가 주인공의 감정을 분석할 수 있는 질문을 던지자 가람이는 멋지게 표현했다.

명탐정 놀이는 질문하는 사람의 역할이 중요하다. 질문하는 사람의 생각에 따라 단순히 사실 확인만 반복하는 수준에서 그칠 수도 있고, 책의 뼈대를 재구성하는 수준까지 발전할 수도 있다.

여기서 잠깐만

두뇌 회전이 빠르고 임기응변에 능한 사람은 단기간에 정보를 처리할 수 있다. 언어를 담당하는 좌뇌 베르니케 중추가 발달한 사람이다. 베르니케 중추는 말과 글을 이해하는 핵심적인 부분이다. 이 부분을 자극하면 언어를 다루는 데 능숙하여 대화를 주도적으로 끌어나가거나 이해력을 높이 끌어 올릴 수 있다. 베르니케 중추를 단련시키기 위해서는 말과 글을 통해 자극을 주어야 한다.

명탐정 놀이는 책에 등장하는 키워드가 재료가 된다. 키워드를 분류하는 단계에서 연상 키워드를 연결해봄으로써 효과적인 놀이가 될 수 있다.

책 속에 숨어있는 재미 발견하기

❶ 책을 읽고 나서 아이에게 질문할 목록을 정리한다.

Q 늑대인데, 왜 얼굴이 파란 걸까?

Q 늑대 루피오의 표정은 왜 저럴까?

Q 교실 속 책상은 왜 다 흐트러지고 깨져 있을까?

Q 늑대 학교가 실제로 존재한다면 어떨까?

Q 공부는 꼭 해야만 하는 것일까?

❷ '가장 좋은 것은?' '가장 나쁜 것은?' 등의 질문은 하지 않는다.

❸ 책의 내용에 따라 인물 중심으로, 사건 중심으로 질문 목록을 구분한다.

Q 늑대 학교에 가는 루피오는 어떤 감정일까?

Q 학교에 가는 것이 두려운 걸까?

Q 코로나가 끝나고 학교에 간다면 어떤 마음일까?

Q 루피오는 소심한 아이였을까?

Q 엄마 아빠는 왜 루피오에게 나쁜 것을 가르치려고 했을까?

❹ 아이가 답을 찾는 데 어려움을 느낀다면 '힌트'를 준다. 답을 직접 알려주는 것은 피한다.

❺ 똑같은 책으로 명탐정 놀이를 하되 아이가 질문을 만들 수 있도록 용기를 주고 유도한다.

❶ 질문하는 사람의 생각에 따라 단순히 사실 확인만 반복하는 수준에서 그칠 수도 있고, 책의 뼈대를 재구성하는 수준까지 발전할 수도 있다.

❷ 키워드를 분류하는 단계에서 연상 키워드를 연결해봄으로써 효과적인 놀이가 될 수 있다.

✐ 가족끼리 이야기를 나누며 서로 생각과 감정을 표현하면 아이에게 정서적 안정감을 줄 수 있어요.

명탐정 놀이	
책 제목	
Q1 예) 마지막에 루피오가 엄마 아빠에게 그림책을 읽어 주었잖아. 왜 그랬다고 생각해?	(가람이)의 추리 단서
Q2	( )의 추리 단서
Q3	( )의 추리 단서
Q4	( )의 추리 단서
명탐정 놀이를 하면서 느낀 점 칭찬 대화를 해보세요	

44
랜선 여행 놀이

코로나19로 집에 있는 날이 길어지자 나은이는 의욕이 없다. 평소에 자기표현을 잘 못 하는 나은이를 위해서 엄마는 어떤 좋은 방법이 있을까를 고민했다.

엄마는 '랜선 여행'을 계획했다. '랜선'은 '인터넷 연결선'이다. 인터넷으로 가상여행을 하는 것이다. 가상공간에서 가고 싶은 곳은 어디든 갈 수 있다. 가족끼리 랜선 여행을 계획하고 아이와 대화하면서 생각을 묻는 것을 추천한다. 아이들과 여행을 주제로 얘기하면서 정서적 안정감과 상상을 통한 사고력을 확장할 수 있다.

나은이 엄마는 여행과 관련한 그림책을 골랐다. 《오늘 밤, 우리는 휴가를 떠나요!》라는 책을 선정했다. 이 책은 가족들이 여행을 떠나기 전의 설렘과 부산한 모습을 담아낸다.

"나은아, 우리 가족이 랜선 여행을 갈 건데, 네 생각은 어때?"

"랜선 여행이 뭐예요?"

"랜선 여행은 직접 여행지를 가지 않고 가상으로 가보는 거야. 일종의 '여행 놀이'야."

"에이, 시시해요. 그게 무슨 여행이에요."

나은이는 시시하다는 표정을 짓는다.

"그래도 한번 해보는 건 어때?"

"좋아요…"

"랜선 여행을 가기 전에 나은이랑 나누고 싶은 그램책 하나를 골랐어. 《오늘 밤, 우리는 휴가를 떠나요!》라는 책이야."

나은이는 엄마와 책 얘기를 하면서 캠핑장에 가서 바비큐를 먹고 싶다고 했다. 상상하니까 더 먹고 싶다고 했다. 엄마는 이렇게 말했다.

"캠핑도 좋긴 한데, 엄마는 씻기도 불편하고, 밖에서 자면 벌레들도 많을 것 같은데… 오랜만에 가족여행이니 편안하게 호텔에서 자는 건 어떨까?"

"으으… 어렵다, 어려워."

엄마와 나은이는 '랜선 여행'을 하며 설레는 시간을 보냈다. 서로의 생각을 자유롭게 이야기하며, 맘껏 상상을 펼쳤다.

랜선 여행을 상상하며 대화하기

❶ 책의 표지를 보며 관찰하는 시간을 갖는다.

❷ 텍스트나 상황에 나타나 있지 않은 사실을 가정, 추론하며 핑퐁 대화를 한다.

❸ 육하원칙을 사용해 질문해 보는 것도 좋다.

❹ 나 또는 우리 가족과의 관련성을 찾아 연관 지어 이야기해본다.

❺ 교훈이나 시사점을 찾아 생각의 깊이를 가질 수 있게 해준다.

Q 아이는 창문 너머로 무엇을 보고 있을까?

Q 여행을 가는 마음은 어떤 기분일까?

Q 어른들은 여행이 즐거운데 왜 싸우는 걸까?

Q 밤하늘의 별과 달은 무슨 이야기를 하고 있을까?

Q 여행을 밤에 간 이유는 무엇이었을까?

Q 여행지에서는 어떤 신나는 일이 기다리고 있을까?

Q 여행지에 도착한 새벽은 어떤 모습일까?

Q 여행은 가족에게 어떤 행복을 줄까?

✐ 가족끼리 이야기를 나누며 서로 생각과 감정을 표현하면 아이에게 정서적 안정감을 줄 수 있어요.

랜선 여행을 떠나자!				
어디로 갈까?	어떤 걸 할까?	어디서 잘까?	출발~	여행 끝
		예) 캠핑장과 호텔의 장점과 단점		

45

과학 놀이, 인공 눈으로 눈사람 만들기

"엄마, 이 책 읽어주세요?"

수민이가 가져온 책은《눈사람 아저씨》이다.

"눈싸움도 하고 싶고, 눈사람도 만들고 싶어요. 그런데 눈이 없으니, 눈이 나오는 그림책을 보고 싶어요. 엄마가 읽어주세요."

겨울 하면 가장 먼저 떠오르는 눈사람. 엄마는 책 표지를 보며 수민이에게 말한다.

"동글동글 눈사람 아저씨가 웃고 있네."

"눈사람은 정말 동글동글 숫자 8처럼 생겼어요."

"그러네, 우리 수민이가 숫자 8이라고 하니, 엄마도 그렇게 보이는걸."

엄마는 《눈사람 아저씨》를 읽어주었고, 수민이는 귀를 쫑긋하고 열심히 듣는다.

"엄마, 눈사람 아저씨는 어떻게 움직였을까요? 아이가 꿈을 꾼 건가요?"

"음… 엄마가 생각하기엔 수민이 생각처럼 꿈일 수도 있고, 아이가 너무 그리워하는 눈사람 아저씨를 산타할아버지가 보낸 건 아닐까……"

엄마와 수민이는 묻고 답하며 핑퐁 대화를 이어나갔다.

"만약에 눈사람이 살아서 움직인다면 저도 밤새 놀고 싶어요."

"밤새 어떻게 놀고 싶을까 수민이는?"

"다른 눈사람도 만들어서 외롭지 않게 해주고, 다 함께 놀 거예요."

"우리 수민이는 눈사람이 외롭다고 생각했구나."

"혼자 있으니까요. 나처럼. 그래서 친구를 만들어주고 싶어요."

엄마는 수민이가 많이 외로워하는 것을 알게 되었다. 그래서 수민이를 위한 놀이를 생각했다. 인공 눈을 만들어 인공 눈사람을 만드는 놀이다. 이렇게 엄마와 수민이는 집에서 인공 눈을 만들어 눈사람 놀이를 하기로 했다.

준비물

베이킹파우더 3컵, 헤어 컨디셔너(린스 1/2컵) 또는 쉐이빙 폼, 눈덩이 만들 커다란 그릇 또는 김장용 매트, 눈사람 장식(이쑤시개, 비즈, 콩알 등)

놀이 방법

❶ 준비한 그릇에 베이킹파우더를 넣는다.

❷ 그 위에 헤어 컨디셔너를 섞고 동그랗게 뭉쳐본다.

❸ 두 개의 덩어리를 위아래로 뭉쳐 눈사람을 만든다.

❹ 다양한 도구(이쑤시개, 비즈, 콩알 등)를 이용해 눈사람 코, 입, 팔을 만든다.

❺ 다 사용한 후엔 욕실에 세정제로 사용하면 된다. 놀이를 다 한 후 물의 원리를 이야기하며 기록한다.

주의사항

❶ 시중에 판매하는 스노 파우더(폴리아크릴산나트륨)를 사용하면 눈의 촉감에 더 가깝다. (파우더 1:물 25).

❷ 파우더에 물을 많이 넣으면 부풀어 오른다. (너무 많이 넣으면 투명해질 수 있으니 양을 조절한다.)

❸ 소금을 뿌려주면 물기가 금방 없어지므로, 마른 후 일반 쓰레기봉투에 분리 수거한다.

❹ 놀이 후에 손을 깨끗이 씻는다.

'왜, 무엇, 어떻게' 질문 놀이

Q 자연 눈과 인공 눈은 무엇이 다를까?

Q 인공 눈에는 왜 결점이 없을까?

Q 인공 눈의 촉감은?

Q 눈사람 아저씨가 실제로 있다면 어떤 느낌일까? (그림책과 연결지어 준다.)

Q 눈은 왜 흰색일까? (이유를 묻고 확장해서 찾아보기- 눈의 원리)

Q 인공 눈을 만든 사람은 누구일까? (인물 확장- 나카야 우키치로 등)

46
감성 콜라주 놀이

엄마는 심심해하는 소미와 즐겁게 할 수 있는 놀이를 찾아보고 있다. 엄마가 찾은 놀이는 사물을 직접 붙여서 찍어내는 볼록 판화(직판화)의 기법인 콜라그래피(콜라주) 놀이다.

콜라주collage라는 용어는 '풀로 붙이다'라는 의미의 프랑스어 coller에서 유래했다. 종이, 천, 나무 조각, 나뭇잎, 모래 등 여러 가지 물질을 붙여서 구성하는 회화기법이다.

엄마는 소미와 놀이를 하기 전에 콜라주 기법이 들어간 그림책을 먼저 보기로 했다. 《쓰레기통 요정》이라는 그림책이다. 센스있는 안녕달 작가의 톡톡 튀는 아이디어가 눈길을 끈다. 이 책은 실제 버려진 재활용 종이들을 오리고 붙이고 그려서 만든 콜라주 그림책이다. 서류 봉투, 과자 박스, 두루마리 휴지, 공책, 약봉지 등이 모여 익살스럽고 재미있게 표현되었다.

소미는 책을 다 읽은 후에 이렇게 말했다.

"쓰레기통 요정에게 소원을 빌어보고 싶어요."

"그거 좋은 생각인데. 그럼 우리 쓰레기통 요정에게 깨끗한 쓰레기통을 만들어줄까?"

"네."

엄마와 소미는 요정에게 선물로 줄 멋진 쇼핑백 쓰레기통을 만들기로 했다.

준비물

도화지, 가위, 풀, 잡지, 색연필 또는 사인펜

놀이 방법

1. 잡지를 이용해서 자신의 소망(바라는 것들)을 종이가방에 표현한다.
2. 잡지를 오려 붙인다. 그리기 재료도 함께 사용한다.
3. 종이 공과 비행기 면지에 메시지를 써서 종이가방에 넣어본다.
4. 메시지를 날려 전달한다.

이 놀이는 인지행동 놀이치료에도 사용한다. 아이에게 새로운 방법으로 다른 사람과의 관계규칙을 알려주고, 위축됨을 극복할 수 있다. 인지행동 놀이치료에서 놀이는 아이의 어려움을 해결하는 데 결정적인 역할을 한다. 인지행동 놀이치료에서는 교육적인 측면을 아이가 놀이처럼 받아들일 수 있게 하는 것이 중요하다.

콜라주 기법을 적용하면 작품에 나타난 그림들의 내용, 화면의 색채, 변화, 구도, 이야기 등을 통해 아이의 감정 상태를 알 수 있다.

아이와 나눌 대화

Q 종이가방에 들어간 공과 비행기 속엔 어떤 소원이 숨어 있을까?

Q 소미의 메시지를 받은 요정은 기쁜 마음일까?

Q 소원을 들어주는 요정이 있다면 나는 어떤 소원을 빌까?

Q 만약에 나라면 쓰레기통에서 요정처럼 살 수 있을까?

Q 할아버지는 왜 선물을 쓰레기통에서 찾았을까?

Q 우리도 쓰레기통 요정처럼 나의 소중한 것을 나눠줄 수 있을까?

Q 쓰레기통 요정은 기분이 안 좋으면 왜 빨간색, 파란색으로 변할까?

Q 색깔이 변하는 건 기분을 표현한 걸까?

47

가면 속에 숨겨진 감정 찾기 놀이

철호는 자기표현을 거의 하지 않는다. 엄마에게 말대꾸하거나 떼를 쓰지 않아서 주변 사람들은 '착한 아이', '말 잘 듣는 아이'로 생각한다. 엄마는 철호가 또래 아이들처럼 응석도 부리기를 바란다.

엄마는 철호가 좋아하는 《마법의 가면》을 함께 읽기로 했다. 이 책에 등장하는 아이는 사랑받고 싶어 한다. 사람들에게 주목받고 싶은 마음을 마음속에 가둬 두고 있다.

엄마는 자기표현을 거의 하지 않는 철호의 속마음이 궁금했다.

"철호가 길을 가는데 마법의 가면을 주웠다면 어떤 기분일까?"

"기분이 좋을 것 같기도 하고, 조금 무섭기도 할 것 같아요."

"철호는 가면이 무섭다는 생각을 했구나?"

"동물로 변하는 가면이 착한 동물 가면이면 좋은데, 늑대 같은 가면으로 변하면 무서울 거 같아요."

"아, 늑대가 무섭다고 생각하는구나."

"늑대는 나쁜 역할을 많이 하니까요."

엄마와 철호는《마법의 가면》책을 읽으며 핑퐁 대화를 이어나갔다.

여기서 잠깐만

주로 연극치료에서 '가면기법'을 사용한다. '페르소나'라고도 한다. 개인과 원형(표현될 수 없는 내면의 구조), 신체와 영혼, 분열과 중첩을 나타내는 표상이라 할 수 있다. 가면은 개인을 페르소나로 변형하는데 칼 구스타프 융(Carl Gustav Jung)은 사람의 마음은 의식과 무의식으로 이루어지며 여기서 그림자와 같은 페르소나는 무의식의 열등한 인격이며 자아의 어두운 면이라고 말했다.

사람은 누구나 가면을 쓰고 살아간다. 타인을 위해서 때론 나를 위해서 가면을 쓴다. 가면 놀이를 통해 아이의 숨어있는 다양한 욕구와 감정을 알고, 아이의 정서발달을 도울 수 있다.

감정 놀이는 열린 시선으로 내면을 표현해보는 것이다. 자기표현이란, 다른 사람에게 불안을 느끼지 않고 자기감정을 적절히 표현하는 능력이다. 이 능력에는 나를 잘 표현하는 것도 중요하지만, 앞서 상대방을 고려하는 능력도 포함되어야 한다.

'감정'은 묻는 것이 아니라, 느끼고 나누는 것이다. 가면 놀이는 엄마와 아이를 연결하고, 정화하고, 덜 잊게 하고, 강화하는 힘이 있다. 엄마와 아이가 서로 감정이나 생각을 가면 놀이로 꾸며보며 시각적 경험을 언어로 대신하여 표현할 수 있다. 현재에 초점을 맞추다 보면 감정을 파악하고 탐구할 수 있는 시간이 될 수 있다. 상대방의 말을 잘 표현하고 서로에게 이익이 될 수 있도록 타협안을 제시할 수도 있다. 이런 마음이 생긴 아이는 자기 자신에 대해 긍정적인 마음을 가질 수 있다. 그러다 보면 사회성이 좋은 아이, 문제해결 능력이 있는 아이가 될 뿐만 아니라, 사회적응력 또한 좋아질 것이다.

마음 가면 놀이로 아이와 소통하기

❶ 그림책을 읽고 '나만의 가면'을 만든다. 억눌려 있는 아이에게 감정을 표현할 기회를 준다.

❷ 사람의 다양한 감정들에 대해 알 수 있게 해준다.

❸ 가면은 얼굴에 직접 착용하여 쓰는 것이기 때문에 다른 것보다 밀착하는 관계를 유지할 수 있다.

❹ 창의적이고 예술적인 자기표현으로 성취감을 느낄 수 있다. 자기를 표현하면 즐겁다는 것을 알게 해준다.

❺ 감정 몰입이 잘 되게 엄마가 주도적으로 나서지 말고 아이 스스로 할 수 있게 배려한다.

아이와 나눌 대화

Q 길을 가다 가면을 줍는다면?

Q 가면을 주웠을 때 아이의 기분은 어떤 기분이었을까?

Q 곰이나 원숭이로 변하는 가면이 있다면 무엇으로 변하고 싶을까?

Q 친구가 화를 낸다면 어떻게 해야 할까?

Q 내가 실수를 하고 사나워 보인다면 사람들은 나를 어떻게 볼까?

Q 나를 안아주고 달래줄 사람이 있다면 누가 있을까?

Q 가면 뒤에 숨겨진 마음은 어떤 마음일까?

Q 버림받는다는 건 무엇일까?

Q 가족이 나를 못 알아본다면?

❶ 가면 놀이를 통해 아이의 숨어있는 다양한 욕구와 감정을 알고, 아이의 정서발달을 도울 수 있다.

❷ 엄마와 아이가 서로 감정이나 생각을 가면 놀이로 꾸며보며 시각적 경험을 언어로 대신하여 표현할 수 있다.

48 빙고 키워드 놀이

영찬이는 의기소침하고 한 가지 일에 집중하는 시간이 짧다. 책 한 권을 읽는 시간이 너무 오래 걸리고 책을 읽어도 남는 것이 없다. 영찬이를 보고 있으면 어느새 엄마의 입에서는 끊임없는 잔소리가 새어 나온다. 고집도 센 영찬이는 화가 나면 구석에 쪼그려 앉아 훌쩍거린다.

만화책이 재미있다는 사실을 아는 아이들은 시키지 않아도 만화책을 찾아서 읽는다. 아이가 책 읽는 재미를 알게 하려면 놀이가 필요하다.

"영찬아, 엄마가 《도서관에 간 사자》 읽은 건데, 같이 볼까?"

"다 읽었는데 또 읽자고요? 싫은데……"

"영찬이, 그럼 《도서관에 간 사자》로 빙고 키워드 놀이할까?"

"그건 좋아요."

엄마와 영찬이는 《도서관에 간 사자》를 펼쳐 놓고 빈칸을 채워 나가기 시작했다. 엄마는 영찬이가 책 앞쪽에서만 단어를 뽑아낼 거로 생각했다. 첫 번째 게임은 엄마의 승리로 끝났다. 승부욕이 발동한 영찬이는 책의 다음 장을 넘기며 빈칸을 채우기 시작했다.

"엄마, 나 빙고 다 채웠어요!"

영찬이의 눈빛은 풀리지 않던 실타래를 푼 것처럼 빛났다. 집중력은 만들어지는 것이 아니다. 본래 아이가 가지고 있던 집중력을 발견하는 것이다. 영찬이는 집중력을 발휘하여 성취감을 경험해보지 못한 터라 쉽게 싫증을 내곤 했다. 그런데 빙고 키워드 놀이를 할 때는 집중력이 대단했다.

빙고 키워드 놀이는 빈칸을 채우면서 흥미를 느낄 수 있다. 아이는 빈칸을 채우기 위해서 책의 한 구절, 한 장면에 집중하며 매력에 빠지게 된다. 누가 시키지 않았는데도 스스로 탐구하는 것, 이것이야말로 책으로 할 수 있는 최고의 놀이가 아닌가 싶다.

책을 읽는 동안 아이의 두뇌는 무수한 자극을 받는다. 하지만 책을 읽고 나서 그대로 지나쳐버리면 머릿속에는 아무것도 남는 것이 없다. 책에서 읽었던 구절, 낱말들이 입과 손을 통해 표현되어야 두뇌는 끊임없이 자극을 받고 사고력과 창의력도 생길 수 있다.

여기서 잠깐만

미국 행동과학연구소에서 발표한 러닝 피라미드에 따르면, 강의를 통해 학습한 경우 24시간 이후에 내용 중 5%를 기억했고, 읽기를 통해 학습한 경우 10%를 기억했다. 그런데 토의나 토론, 또는 배운 내용을 상대방에게 가르치기 등을 활용한 학습법은 내용의 최대 90%를 기억하는 것으로 나타났다. 즉, 눈으로 보면서 동시에 소리 내어 읽으며 학습할 때 효율이 높아진다는 것을 알 수 있다. 실제로 자연스럽게 말을 이어나갈 수 있도록 내용을 다듬는 과정에서 정보를 뇌에 한 번 더 입력하게 되는데, 이때 정보에 대한 이해도가 높아져 학습효과가 높아진다.

빙고 키워드 놀이를 할 때 부모는 너무 규칙에 얽매여서는 안 된다.

"영찬이가 찾은 단어는 어느 부분에서 나왔을까?"

"엄마는 보지 못한 단어인데, 와, 대단한걸."

"엄마도 비슷한 단어를 찾았는데, 한번 찾아볼까?"

이처럼 책과 연결지어 묻고 키워드를 이어나갈 수 있게 해주어야 한다. 아이가 테스트받고 있다는 생각이 들지 않게 해주자. 아이는 세상에서 가장 멋진 해설가가 된 듯이 키워드를 통해 책 속의 내용을 알고 살을 붙이는 과정에서 스토리텔링을 할 수 있다.

놀이 방법

❶ 아이와 함께 책 한 권을 선정한다.

❷ 가로와 세로가 5칸인 상자를 그린다. (칸수는 조절 가능하다.)

❸ 책에 나온 단어를 다섯 줄을 완성할 때까지 번갈아 가며 단어를 불러주며 진행한다.

❹ 책에 나온 낱말을 가장 많이 쓰는 사람이 이긴다.

❺ 규칙은 바꿔도 무방하다.

❻ 아이가 말한 단어가 책의 어느 부분에 나오는지 확인하면서 진행한다.

아이와 나눌 대화

Q 짜잔, 이것은 누구의 모습일까? (표지를 가리고 조금씩 보여주며 아이의 궁금증을 유발한다.)

Q 사자는 왜 도서관에 갔을까?

Q 사자가 도서관에 갔으니 어떤 일이 벌어질까?

Q 사자가 도서관에서 할 수 있는 일은 무엇일까?

Q 규칙을 어긴다는 건 무엇일까?

Q 도서관에서 우리도 사자처럼 행동한 적이 있을까?

Q 규칙을 어길 만한 상황은 어떤 상황이 있을까?

Q 떠오르는 키워드는 어떤 것이 있을까?

Q 빙고판을 단어로 먼저 채우면 어떤 기분이 들까?

❶ 책에서 읽었던 구절, 낱말들이 입과 손을 통해 표현되어야 두뇌는 끊임없이 자극을 받고 사고력과 창의력도 생길 수 있다.

❷ 책과 연결지어 묻고 키워드를 이어나갈 수 있게 해준다.

집중력을 높여주는 빙고 키워드 놀이				
규	칙	도	서	관

49

그 어려운 코딩을 집에서 할 수 있다고?

애플의 창업자 스티브 잡스는 "모든 사람은 코딩coding을 배워야 합니다. 코딩은 생각하는 방법을 가르쳐 줍니다."라고 말했다. 나 역시 다년간 코딩교육을 하면서 부모와 아이의 상호작용에 큰 도움이 되는 것을 경험했다.

코딩을 해야 하는 이유

2019년부터 코딩교육을 초·중·고 정규과정으로 도입하려는 움직임이 있었지만, '아이들이 공부해야 하는 시험 과목만 늘리는 것이 아닌가'라는 불편한 시선도 있다. 그러나 코딩교육의 중요성에 주목하고 코딩교육을 의무화한 국가들이 많다. 코딩교육은 창의성, 문제 해결력, 논리력 등을 키워준다.

4차 산업혁명 시대로 접어든 요즘, 인공지능 로봇, 드론, 빅데이터, 사물인터넷 등이 융합하면서 일상생활에서도 많은 변화가 생겼다. 이러한 주요 기술들이 컴퓨터 프로그래밍을 통해 운영되기 때문에 앞으로 새롭게 생겨나는 미래 직업과 일자리에서는 코딩 능력이 있는 인재들의 수요가 늘어날 수밖에 없다.

요즘 교육현장에서는 '에듀테크EduTech'라는 말을 사용한다. '교육Education'과 '기술Technology'이란 단어를 합성해 '에듀테크EduTech' 혹은 '에드테크EdTech'라고 부른다. 에듀테크 시장은 미국을 중심으로 성장세를 보이고 있다. 최근에는 아시아와 유럽 지역에도 시장이 확장되고 있다. 한국도 예외는 아니다. 아이와 부모가 '언플러그드 코딩 놀이'를 통해서 컴퓨팅 사고력과 문제 해결을 찾아가면서 상호작용한다면 아이와 부모가 함께하는 시간이 즐거울 수 있다.

코딩이란 무엇인가?

코딩은 '코드(Code)+(Ing)'를 합친 단어이다. 그렇다면 코드Code는 무엇일까?

사람이 쓰는 말(언어)과 같은 코드Code는 컴퓨터 언어이다. 다시 말해 컴퓨터가 알아들을 수 있는 언어이고, 컴퓨터가 알아들을 수 있게 명령하는 언어다. 사람들은 코딩교육을 하려면 컴퓨터가 있어야 한다고 생각한다. 나는 컴퓨터 없이도 코딩교육이 가능하다고 말하고 싶다. 실제로 가정에서 연필 하나만 있어도 코딩 놀이가 가능하다. 장난감, 먹을 것 등을 이용해 '알고리즘 놀이'를 할 수 있다.

코딩교육은 크게 플러그Plug 교육과 언플러그드Unplugged 교육으로 나뉜다. 플러그 교육은 전기선이 꽂혀있는 기기들을 연결하는 교육이고, 언플러그드 교육은 전기선이 없이도 가능한 교육이다. 컴퓨터 없이도 가능한 코딩을 우리는 '언플러그드 코딩'이라고 한다. 즉, 코드가 없는 코딩이라는 말로 해석할 수 있다.

컴퓨터를 잘 다룰 수 있는 교육이 아닌 생각하는 방법을 넓힐 수 있는 코딩교육은 다양한 도구를 활용해 집에서도 쉽게 상호작용할 수 있는 매개가 될 수 있다.

하브루타와 언플러그드 코딩 놀이의 교집합

하브루타	언플러그드 코딩 놀이
짝을 지어 토론할 수 있다	짝을 지어 생각을 확장할 수 있다
짝을 지어 배운 것을 가르치는 활동을 통해 문제해결 능력을 키운다	컴퓨터 명령의 원리를 놀이를 통해 배우고 문제해결 능력을 키운다
놀이가 가능하다	놀이를 통해 컴퓨터 과학을 이해할 수 있다
다양한 견해, 관점, 시각을 갖게 한다	이진수 데이터의 표현, 알고리즘을 통해 생활 속 주제가 활동으로 확장할 수 있다
의사소통, 경청, 설득하는 능력을 기른다	교수자 중심이 아닌 학습자 중심이다
메타인지와 창의성 발달에 도움이 된다	메타인지 발달로 인해 창의적인 사람이 될 수 있다

이진수를 찾아라

컴퓨터에는 0과 1이라는 숫자가 있다. 이것을 이진법이라고 한다. 0과 1로 코딩을 어떻게 한다는 말일까?

이진법은 0과 1의 두 개의 숫자만을 사용하여 수를 나타내는 기수이다. 수의 자리가 하나씩 올라감에 따라 자릿값이 2배씩 커진다.

0=0, 1=1, 2=10

여기에서 왜 2는 10일까? 1보다 큰 수를 쓸 수 없어서 수의 자리를 하나 더 써서 10인 것이다.

3=11, 4=100(여기에서도 더는 큰 수를 쓸 수 없어서 자릿수를 올려준다.)
숫자 5=101, 6=110, 7=111, 8=?
더는 큰 수를 쓸 수 없기 때문에 자릿수를 올려준다. 그래서 8=1000이 된다. 9=1001, 10=1010이다.

문제

소미는 아홉 살이다. 소미의 생일파티에 켜야 하는 전구는 몇 개일까?

(켜진 전구는 1이라 하고, 꺼진 전구는 0이라 한다.)

0=0	6=110
1=1	7=111
2=10	8=1000
3=11	9=1001
4=100	10=1010
5=101	

정답은 15개이다.

왜냐하면, 켜야 하는 전구의 개수를 제시했기 때문에 15가 된다.

순차(Sequence)를 통한 놀이

순차는 순서에 따른 명령들의 문제를 해결하는 순서 즉 수행절차를 말한다. 우리의 일상생활에서도 순차를 쉽게 이해할 수 있는 것들이 있다. 예를 들어 이를 닦을 때도 순서가 있다.

① 칫솔을 든다. ② 치약 뚜껑을 연다. ③ 치약을 칫솔 위에 짜 올린다. ④ 칫솔을 이에 가져다 댄 후 위아래, 오른쪽, 왼쪽으로 닦는다. ⑤ 치약을 뱉는다. ⑥ 물로 입안을 가글한 후 뱉는다.

순차는 시작 지점에서 다음 단계로 넘어가기 위해 현 수행 단계를 해결해가는 것이다. 순서가 잘 되었는지에 대한 결과값이 달라질 수 있다. 순차 개념은 말 그대로 컴퓨터가 명령을 순서대로 실행하는 것이다. 컴퓨터가 실행해야 하는 명령어들의 순서를 어떻게 놓느냐에 따라 결과가 달라질 수 있다.

우리 일상생활에서 주로 순차적으로 진행해야만 먹을 수 있는 먹거리들을 떠올려 보자.

편의점 하면 생각나는 것은? 주로 인스턴트 식품이다. 그런데 인스턴트 식품에는 간단한 조리법들이 쓰여 있다. 조리법의 순서대로 조리하는 설명서 또한 코딩의 순차라고 할 수 있다.

논리추론: 조건문(참, 거짓 알기)

조건문은 프로그램의 구조를 쌓는 제어문이라고도 한다. if, then, else 등의 제어문은 집을 짓는 과정과도 같다.

사람의 신체구조를 생각해보자. 혈액, 피부 등의 조직은 재료가 되고, 뼈는 신체의 중심을 잡을 수 있는 뼈대가 된다. 프로그램을 만드는 것도 사람의 신체와 비슷하다. 혈액, 피부와 같은 재료는 자료형이 되고, 집의 뼈대를 이루는 뼈는 제어문에 해당한다.

if문은 왜 필요할까?

우리는 코로나19에 감염되지 않기 위해 마스크를 착용한다. 코로나 예방을 하고, 코로나에 걸리지 않으려면 마스크를 쓰고, 걸려도 상관없다면 마스크를 안 쓴다.

우리 모두에게 일어날 상황 중 하나이다. 프로그래밍도 사람이 하는 것이므로 위 문장처럼 주어진 조건을 판단한 후 그 상황에 맞게 처리해야 할 경우가 생긴다.

프로그램에서 조건을 판단하고 조건에 맞는 상황을 수행하는데 사용하는 것이 if문이라고 할 수 있다.

순서도를 보면 이해하기가 쉽다.

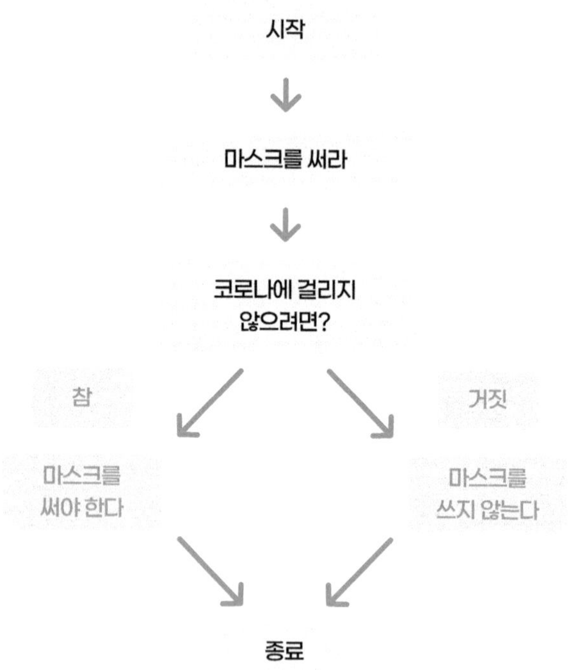

함수로 놀아봐요

주스를 마시고 싶은 사람이 있다. 집에 남아 있는 과일을 믹서기에 돌려 과일주스를 만들어 먹었다. 이때, 믹서기에 넣은 과일은 〈입력〉이 되고, 갈아서 나온 과일주스는 〈출력〉 결과값이 된다.

함수는 이처럼 믹서기와 같은 역할이라고 할 수 있다. 프로그래밍에서 함수는 정말 중요하다. 프로그램을 명령하다 보면 앞에서 배운 반복을 하고 있는 상황들이 나타난다. 반복되는 부분이 생길 때 반복되는 명령어를 간단하게 묶어준다면 필요할 때마다 불러와서 쓸 수 있다.

함수 코딩 놀이

우유가 만들어지는 과정이 너무나 궁금한 준수는 우유 공장을 견학하기로 했다. 그런데 우유 공장 사장님은 준수에게 암호를 풀어야만 우유 공장으로 들어가는 문이 열린다고 했다. 준수는 우유 공장에 들어가기 위해 미로의 비밀을 풀어야만 한다.

 제시된 우유팩의 순서가 가지는 암호를 풀어야 한다.

우유 팩에는 우유 공장에 가기 위해 미로를 찾을 수 있는 방향키가 제시되어 있다.

- ✿ 미로를 빠져나가려면 우유 팩의 순서가 가지는 암호를 풀어야 한다.
- ✿ 우유 팩의 순서도에 따라 미로를 연결해본다.
- ✿ 출발점에서 시작한다.
- ✿ 제일 처음 딸기우유는 아래쪽, 오른쪽으로 이동한다. 또다시 딸기우유는 아래쪽, 오른쪽으로 이동한다.
- ✿ 그다음 바나나우유는 오른쪽, 아래로 이동한다.
- ✿ 이번엔 초코우유다. 초코우유는 왼쪽, 아래로 이동한다.
- ✿ 마지막으로 바나나우유의 방향 순서도를 두 번 반복하면 도착하게 되는 우유 공장의 입구는 몇 번이 될까?
- ✿ 도착하는 출구가 우유 공장의 문이 열리는 입구가 된다.
- ✿ ↓ 의 이동거리는 한 칸의 길이만큼 이동한다.

출발
1
2
3
4
5
6
MILK
MILK
MILK
MILK
MILK
MILK